BASTEI LÜBBE

ESTHER FRIESNER
im BASTEI-LÜBBE-Taschenbuchprogramm:

Die Scandal- und Kendar-Serie
20 265 Die Katze läßt das Zaubern nicht
20 274 Scandal in Wingdingo-Land
20 286 Die Käseburg-Connection

ESTHER FRIESNER

WÜNSCHELZEIT

FANTASY-ROMAN

Ins Deutsche übertragen
von Barbara Röhl

BASTEI
LÜBBE

BASTEI-LÜBBE-TASCHENBUCH
Band 20295

Erste Auflage:
November 1996

Deutsche Lizenzausgabe 1996
Bastei-Verlag
Gustav H. Lübbe GmbH & Co.,
Bergisch Gladbach
Originaltitel: Wishing Season
Lektorat:
Uwe Voehl/Stefan Bauer
Titelbild und Innenillustrationen:
Frank Kelly Freas
Umschlaggestaltung:
Quadro Grafik, Bensberg
Satz: Fotosatz Schell, Hagen a.T.W.
Druck und Verarbeitung:
Brodard & Taupin,
La Flèche, Frankreich
Printed in France

ISBN 3-404-20295-3

Der Preis dieses Bandes
versteht sich einschließlich der
gesetzlichen Mehrwertsteuer.

Für alle meine Katzen
in Vergangenheit und Gegenwart:
Benny, Cutesella I und II sowie Paddington.

1

Strotzend vor Kraft, furchterregend von Antlitz und Gestalt, mächtiger als alle Armeen der Erde, so strömte Ismael, der Dschinn, aus dem Stein an König Salomos Ring und überzog den Himmel hinter seiner furchtbaren Erscheinung mit einem Vorhang aus Feuer und Blitzschlägen. In seinen riesigen Fäusten glänzte ein Paar Krummschwerter, blauer Rauch quoll aus seinen breiten Nüstern, und als er den Rachen aufriß, ließ das gewaltige Grollen seines Kampfschreis den Adler vom Himmel stürzen und den Löwen wie ein Schoßkätzchen in seinem Bau Zuflucht suchen.

Auf den Ebenen vor der hochaufragenden Stadt Jerusalem wurde die große Armee der Ungläubigen seiner ansichtig und erzitterte. Ihre Schwerter waren so zahlreich wie die Haare auf dem Kopf eines jungen Mannes, ihre Speere schärfer als die Zunge eines Fischweibs und ihre Streitwagen geschwinder als der schwankende Sinn eines jungen Mädchens oder das Verstreichen der Tage eines alten Mannes. In ungezählten Reihen waren sie gekommen, um die schimmernden Mauern von König Salomos Stadt niederzureißen. Jetzt waren sie geneigt, sich das Ganze noch einmal zu überlegen.

Bei der Nachhut der feindlichen Heerscharen drehte sich der König zu einem seiner Generäle um und sagte: »Ein leibhaftiger Dämon! Du hast mir vorenthalten, daß Salomo einen leibhaftigen Dämon auf seiner Seite hat, Nahash.«

Der General strich über seinen kunstvoll gelockten Bart und erwiderte: »Mhmm ... nein. Ich glaube nicht, daß dies ein leibhaftiger Dämon ist, Euer ruhmreiche Majestät. Unsere Spione hätten uns benachrichtigt, wenn Salomo einen bei sich im Palast sitzen hätte. Ich halte das da für einen wildgewordenen Menschenfresser.«

Der König war es nicht gewöhnt, daß man ihm widersprach. »Ich bin nicht von gestern, General. Ich erkenne einen leibhaftigen Dämon, wenn ich einen sehe.«

»Unsterblicher Gebieter über alles, was Ihr besitzt oder begehrt, so sehr es mir mißfällt, mit Eurer erhabenen Allmächtigkeit zu streiten, muß ich doch darauf hinweisen, daß leibhaftige Dämonen niemals Waffen tragen. Ich habe einen Onkel, der ein böser Zauberer ist und bei dem ich früher immer das Wochenende verbracht habe, so daß ich mich mit solchen Dingen auskenne.«

»Ach ja?« Die Augen des Königs wurden schmal, und ein bösartiges Glitzern glomm in ihren Tiefen. »Also, daß Menschenfresser sich von Menschenfleisch ernähren, weiß schließlich jeder Dummkopf, mit oder ohne Onkel. *Ich* sage, daß dies *kein* Menschenfresser ist. Und außerdem sage ich, daß *du* dich an die Front meiner unbesiegbaren Armee begibst, um der Kreatur entgegenzutreten. Wenn er dich frißt, ist er ein Menschenfresser, und ich werde zugeben, daß du von Anfang an recht gehabt hast. Wenn er dich bloß zerreißt, wirst du eingestehen *müssen*, daß er ein leibhaftiger Dämon ist, genau wie ich gesagt habe, und du schuldest mir Abbitte.«

General Nahash erbleichte und begann zu zittern. »Majestät, ich ... ich glaube, es könnte in der Tat ein leibhaftiger Dämon sein, wie Ihr so weise bemerkt habt. Es ist wirklich nicht nötig, unseren Angriff wegen alberner kleiner Experimente aufzuschieben, die ganz und gar unnötig sind ...«

»Es ist ein Dschinn«, sagte der Leibsklave des Generals. Er war ein aufgeweckter junger Mann, ein Israelit, gefangengenommen bei einem kleineren Scharmützel, während die unbesiegbare Armee von der Küste her nach Jerusalem marschiert war. Jetzt lehnte er sich bequem auf den zweitbesten Schild des Generals, schützte seine Augen mit erhobener Hand vor der Sonne und sah sich das Monstrum noch eine Weile aufmerksam an, bevor er hinzusetzte: »Ja, ich irre mich nicht, ein Dschinn. Mein Herr König Salomo ist der Meister vieler solch sagenhafter Wesen. Jedes Kind weiß das.«

»Ein Dschinn, sagst du?« Der Sklave sprach mit solcher Bestimmtheit, daß der König ihm glauben mußte. »Und – ähem – weißt du vielleicht auch etwas über die – hmmpf – Lebensgewohnheiten von Dschinns? Im Vergleich zu Menschenfressern und leibhaftigen Dämonen, meine ich.«

»Nun, Dschinns essen niemals Menschenfleisch ...«

»Oh, gut.«

»... und zerreißen einen auch nicht Glied für Glied ...«

»Noch besser.«

»... schließlich ist es viel einfacher für sie, sich herabzubeugen und einem, bevor man piep sagen kann, den Kopf von den Schultern zu rupfen, so wie ein Mädchen, das Orangen pflückt.«

Der König schluckte heftig und legte beide Hände vorsichtig um seinen Hals. Der General tat dasselbe. Der Sklave sah weiter zu, wie der Dschinn vor der ersten Reihe der unbesiegbaren Armee auf und ab stapfte. Blutiger Schaum flockte von seinen Lippen, und aus seinen Ohren schlugen riesige Funken grünen Feuers. Ihm war ein zweites Paar Arme gewachsen, prächtig geeignet, um ein Paar entsprechender Speere zur Schau zu stellen, die aus dem Nichts materialisiert waren. Als er sie herumwirbelte, erfüllte sich der Himmel mit einem unheimlichen Heulen, als weinten zehntausend Witwen um diejenigen, die bald sterben würden.

Die Stimme des Generals klang plötzlich sehr trokken und schrill. Sie versagte ihm fast den Dienst, als er schließlich fragte: »Wenn ... das die Art ist, auf die Dschinns gern töten – einem den Kopf abzureißen, wie du gesagt hast –, warum ... warum zieht dann *der da* so eine Schau mit den Schwertern und Speeren ab?«

»Pure Angabe«, erwiderte der Sklave kühl wie der Schnee des Nordens. »Alle Dschinns sind Sklaven meines Herrn König Salomo, verstehst du. Manche hält er in Kästchen gefangen, manche in Lampen und andere in mystischen Talismanen. Der da kommt mir vor wie einer von der Schmucksorte: magische Ringe, Armbänder, Ohrringe, was du willst. Wenn du Jahrhunderte in einem Diamanten oder Rubin von der Größe eines Taubeneis verbracht hättest, würdest du auch zu spektakulären Auftritten neigen. Außerdem, je großartiger er euren unvermeidlichen Tod inszeniert, desto größer der Eindruck, den er bei meinem Herrn, König Salomo, schindet, und um so wahrscheinlicher wird mein Herr, König Salomo, ihn freilassen. Es ist immerhin schon vorgekommen.«

Der König hatte noch nicht alles, was der Sklave gesagt hatte, ganz verstanden. »Tod?« wiederholte er. »Unser *unausweichlicher* Tod?«

»So sicher wie die Einkommensteuer«, sagte der Sklave. Er wies mit dem Daumen auf den Dschinn, der angefangen hatte, böse zu knurren. »Hörst du das?

Du machst ihn wütend. Wenn er dir den Kopf abreißt, wird er es *langsam* tun.«

»Im Namen aller Götter, wieso mache ich ihn wütend?« schrie der König verzweifelt.

Mit einem weiteren »Hast-du-denn-*überhaupt*-keine-Ahnung?«-Blick erklärte der Sklave: »Die Armee bringt ihn in Rage. Und die Armee gehört *dir*, Majestät. Sie zieht sich nicht zurück.«

»Das sollte sie auch nicht!« Der General warf sich stolz in die Brust. »Wir haben alle, die im Heer Eurer unumstrittenen Magnifizenz dienen, darauf trainiert, nicht zu weichen, gleich, was geschieht. Der Tod währt nur einen Augenblick, so lehren wir sie, doch der Zorn ihres geliebten und verehrten Königs kann durchaus mehrere Monate anhalten. Sie werden nicht davonlaufen, egal, wie sehr sie sich fürchten.«

»Das ist ja gerade das Problem«, sagte der Sklave. »Für den Dschinn würde es *weitaus* besser aussehen, wenn allein sein Erscheinen genügte, um die Feinde meines Herrn, König Salomo, in die Flucht zu schlagen. Was sage ich, wenn er das schafft, ist ihm die Freiheit sicher! Aber wenn er sich so weit aus dem Fenster lehnen muß, daß er euch tatsächlich einen nach dem anderen *umbringt* – tja! Dann wird sein königlicher Gebieter wohl nur halb so beeindruckt sein!«

Ein königlicher Gebieter jedenfalls war beeindruckt. »Ruft sie zurück!« schrie der König, und seine Finger krallten sich in die Augen der beiden geschnitzten Greife, die die Armlehnen seines tragbaren Throns darstellten. »Laßt die Fanfaren erschallen! Gebt den Befehl! Rückzug, Rückzug, sofortiger Rückzug!«

Die Befehle des König versetzten den General in heillose Aufregung. »Aber ... aber ... aber, Eure einzigartige Prächtigkeit, was ist mit der Schlacht? Was ist mit der Plünderung von König Salomos Schätzen? Was ist mit den Lobgesängen, die die Hofdichter und Musiker über uns schreiben werden – ich meine, über Euch – wenn wir im Triumph zurückkehren?«

Ein erneutes Grollen aus der Kehle des Dschinns durchdrang den Himmel wie schwärzester Donner. »Hört du das?« fragte der Sklave und besah sich interessiert seine Fingernägel. »Jetzt wird er *richtig wütend.*«

»Zur hinterletzten Hölle mit der Schlacht, der Plünderung und den Lobgesängen, du Idiot!« kreischte der König, packte den General am Barte und riß die Hälfte der Locken aus. »Ich habe gesagt, wir verduften hier!«

Und das taten sie, obwohl der General bei dem überstürzten Rückzug sein drittbestes Schwert verlegte, seinen zweitbesten Schild sowie einen neuerworbenen israelitischen Sklaven. Jener glückliche Sklave war nur der erste, der mit der Plünderung des verlassenen feindlichen Heerlagers begann.

Ein großes Jubelgeschrei stieg von den Mauern Jerusalems auf, als das Volk sah, wie die unbesiegbare Armee um ihr Leben rannte. Die großen Stadttore öffneten sich, und die Menschen rannten hinaus, um gemeinsam mit dem Sklaven die verlassenen Zelte auseinanderzureißen und nach Wertsachen zu durchwühlen. Um ins Lager zu gelangen, mußten sie zwischen den Beinen des Dschinn durch, aber nicht einmal die Jüngsten unter ihnen zeigte irgendeine Angst dabei, einem solch riesigen Monstrum so nahe zu kommen. Genau wie der frischbefreite Sklave wußten sie, daß Ismael unter der absoluten Kontrolle ihres Königs stand. Solange Salomo lebte, hatten sie von ihm nichts zu fürchten.

Schließlich erschien Salomo selbst zum Klang von

Fanfaren vor der Stadt. Acht Prinzen trugen ihn auf einem Elfenbeinthron. Vier weitere schleppten silberne Pfosten, an denen sich ein prächtiger Baldachin in Purpur, Tiefrot und Gold über dem Haupt des Königs spannte. Der Thron, die Pfosten, der Baldachin und die Prinzen waren sämtlich verschwenderisch mit wunderbaren Juwelen dekoriert. Der König dagegen trug keinen Schmuck außer einem einzigen Ring, dessen riesiger Rubin dunkel und leblos schien, als habe ihn seine Seele verlassen.

Dann hob Salomo die Hände an den Mund und rief: »Ismael! Ismael, mein Diener!«

Der Dschinn vernahm ihn und begann augenblicklich zu schrumpfen. Kleiner und kleiner wurde er, bis er nur noch wenig größer war als ein Mensch. Er stieß keinen Rauch und keine Flammen mehr aus, und seine Waffen waren zusammen mit dem zusätzlichen Armpaar verschwunden. Er verneigte sich vor dem König und sprach: »Seht, Euer Majestät, wie ich Euren Befehl erfüllt habe.« Seine Stimme war tief und grollend, hatte aber nichts mehr von dem blutrünstigen Knurren von eben.

»Das hast du, Ismael.« Salomo lächtelte. »Bewundernswert hat du ihn erfüllt. Du hast meinen Dank. Und nun, um diesen Sieg zu feiern, wünsche ich, daß du ein königliches Bankett herbeibringst. Laß Tische aus Gold und Silber erscheinen, die mit Seide gedeckt sind. Laß Fleisch und alle Arten von Getränken erscheinen. Laß so viel erscheinen, daß jeder Bürger von Jerusalem kommen und sich sättigen mag, und wiederkommen, wenn er wieder Hunger verspürt, und ...«

»Nein«, sagte der Dschinn.

König Salomo runzelte die Stirn. »›Nein?‹« Er wiederholte das Wort, als würde er etwas daran ändern, wenn er so tat, als hätte er es falsch verstanden.

Ismael spreizte seine kräftigen, muskulösen Hände. »Wenn Euer Majestät sich zu erinnern geruht, wünschtet Ihr, als Ihr mich erworben habt, ich möge Euch beim Bau des Tempels behilflich sein. Dann wünschtet Ihr, daß ich ein passendes Geschenk für die Königin von Saba besorgte, als Erinnerung an ihren Besuch in Jerusalem. Und schließlich war da Euer Wunsch von heute. Das macht drei. Und das war's.«

König Salomos Gesicht nahm alle Farben seines Baldachins an, doch Ismael blieb fest. »Ich habe Euch die Regeln mitgeteilt, als Ihr mich zum ersten Mal aus dem Ring herbeigerufen habt: Drei Wünsche, und *keiner* dieser drei darf benutzt werden, um sich mehr Wünsche zu wünschen. Ihr wart einverstanden, Ihr habt Eure Wünsche genannt, ich habe sie erfüllt, und jetzt bin ich frei.«

König Salomo trommelte mit den Fingern auf die Lehne seines Elfenbeinthrons. »Obgleich du weißt, daß ich die Macht habe, die Heere der Lüfte herbeizurufen, damit sie dich auf der Stelle zerschmettern, widersetzt zu dich mir?«

Der Dschinn verschränkte die Arme. »Ihr kennt die Bedingungen. Was fair ist, muß fair bleiben. Und da Euch wahrhaftig mehr magische Wesen zu Diensten sind, als Euch zusteht, meine ich, es wäre selbstsüchtig von Euch, mit mir um eine solche Kleinigkeit wie meine Freiheit zu streiten.«

König Salomo dachte darüber nach. »Was fair ist, muß fair bleiben«, stimmte er zu. »Und was wahr ist, ist wahr. Sieh an! Deine Freiheit ist dir mehr wert als deine Existenz, und doch stellst du die Fairneß über deine Freiheit! Ist es nicht so?«

KELLY FREAS '97

»Ganz genau, o weisester der irdischen Monarchen.« Diesmal verneigte Ismael sich noch formvollendeter.

»Aha«, sagte König Salomo. Er zog den Rubinring von seinem Finger. »Den willst du wahrscheinlich zurückhaben.«

»Wenn es keine Umstände macht, Majestät.«

»Nein, nein, ganz und gar nicht.« Er warf den Ring hoch in die Luft und bemerkte: »Fang auf.«

Der Ring drehte sich im Sonnenschein, ein verschwommener Fleck in Blutrot und Gold. Als er in den strahlend blauen Himmel trudelte, verlangsamte er seinen Flug, stieg höher und höher auf, ohne jemals den Scheitelpunkt seiner Flugbahn zu erreichen oder seinen Rücksturz zur Erde zu beginnen. Seine Umrisse verschwammen. Kleine Funken rubinroten Lichts stoben von dem großen Edelstein fort und erfüllten den Himmel mit umherschwebenden strahlenden Flocken. Die Lichter vermehrten sich, bis nur noch ein scharlachroter Lichtwirbel zu sehen war. König Salomo verschwand hinter dem blitzenden Schleier, die Türme von Jerusalem verschwanden, ein blutroter Nebelschleier verschluckte die ganze Welt.

»Herr Lehrer! Herr Lehrer! Ich kann nicht sehen, was König Salomo tut!«

Ismael wandte sich von der verblassenden Vision vergangener Großtaten ab, die er für seine Schüler beschworen hatte, und seufzte. Ehrlich, die jungen Dschinns von heute wußten einen wirklich *künstlerischen* Schluß nicht zu schätzen.

Mit unendlicher Geduld antwortete er: »Es gibt nichts mehr zu sehen, Gamal. Die Vision hat gezeigt, worauf es mir ankam. Und was glaubst du, was das gewesen ist?« Er hob die buschigen grauen Augenbrauen und blickte seinen unbegabten Schüler hoffnungsvoll an.

Gamal rutschte unbehaglich auf seinem fliegenden Teppich herum, wodurch dieser in der Luft bockte und durchsackte. Dschinns konnten zwar ihre äußere Erscheinung ändern, aber sie konnten sich nicht *vollständig* verwandeln. Ein häßlicher Dschinn konnte sich in ein Pferd verwandeln, aber dabei kam immer noch ein häßliches Pferd heraus. Gamal hätte ein *sehr* häßliches Pferd abgegeben. Er war massig und beleibt, mit einem breiten, fahlen Gesicht, das zu einem ewigen Schmollen erstarrt schien. Er murmelte etwas, das nicht die richtige Antwort war.

Von den anderen jungen Dschinns im Klassenzimmer stieg Gelächter auf. Es brach abrupt ab, als Gamal ihnen einen wütenden Blick zuwarf. Er war bekannt als jemand, der die Sterblichen betrog, als Lügner und grober Klotz, aber vor allem als der Klassenrabauke.

Nur einer der versammelten Dschinns hörte nicht auf, über Gamal zu lachen. Der Grund war, daß er gar nicht angefangen hatte. Er lag bequem auf einem dikken blaugrünen Teppich, der in der Ecke der Klasse, direkt neben dem Fenster zum Garten, schwebte. Eindeutig hielt er diese kleinen Zänkereien unter Schulkindern für unter seiner Würde. In seiner Hand lag ein kleiner, in Leder gebundener Gedichtband. Ohne sich die Mühe zu machen, davon aufzublicken, sagte er:

»Worauf es Euch ankommt, o Lehrer, ist, daß – ganz gleich, wie hoch und mächtig der sterbliche Meister ist, dem wir dienen – unsere erste Pflicht die Treue zu den Regeln ist, die unserer Zauberkraft Grenzen setzen. Selbst wenn das bedeutet, uns in Gefahr zu begeben.« Er sah von dem Buch auf und wandte das gutgeschnittene Gesicht seinem Lehrer zu, während seine honigfarbenen Augen aufblitzen. »Was fair ist, muß schließlich fair bleiben.«

»Gut gesprochen, Khalid!« Ismael konnte den Stolz nicht verhehlen, den er über seinen besten Schüler, empfand. Der Knabe war – was? – erst eineinhalb Jahrhunderte alt, und doch hatte er mit Leichtigkeit jede Lektion von »Hören und Gehorchen für Fortgeschrittene« gemeistert, Lektionen, für die andere Dschinns ein halbes Jahrtausend brauchten.

Wenn er nur nicht genau wüßte, wie schlau er ist, dachte Ismael. *Sei's drum! Ich nehme an, er hat guten Grund, so eitel zu sein.* Eine spöttische Stimme flüsterte dem altehrwürdigen Dschinn ins Ohr: *Stolz kommt vor der Vernichtung, und Hochmut vor dem Fall.* »Ach, haltet den Schnabel, Majestät«, brummte er König Salomos Geist zu.

Ein Finger schoß im hinteren Teil des Klassenzimmers empor, und eine zarte, melodiöse Stimme sagte: »O geehrter Lehrer, die Vision zeigt uns ebenso, daß wir – gleich wie hoch und mächtig der sterbliche Meister, den wir finden – immer darauf achten müssen zu erklären, daß er oder sie Anrecht auf drei, und nur drei Wünsche hat, und daß keiner davon benutzt werden darf, um sich mehr Wünsche zu wünschen.«

Khalid rümpfte die Nase. »Ich dachte nicht, daß ich etwas so Offensichtliches, so ... *Elementares* zu erwähnen brauchte.« Er wandte sich wieder seinen Gedichten zu.

Ismael klatschte in die Hände, und zur Strafe für seine ungebetene hämische Bemerkung verschwand Khalids Buch in einer blauen Flamme. Nachdem er dem verblüfften Khalid den erforderlichen tadelnden Blick zugeworfen hatte, galt das Lächeln des Lehrers ganz dem hübschen Dschinn-Mädchen Tamar. Das Mädel zog in der Klasse oft mit Khalid gleich, doch war sie bescheiden, wo er selbstgefällig war. »Du hast ganz recht, Tamar«, bemerkte Ismael. »Die wirklich wichtigen Dinge sind oft elementar. Es war nachlässig, die Vorbehaltsklausel zu vergessen.« Er blickte Khalid bedeutungsvoll an.

»Ich habe sie nicht vergessen«, verteidigte sich Khalid. »Ich habe einfach nicht gedacht ...«

»*Das* glaube ich dir gern«, kicherte Gamal boshaft.

»Wenigstens hat Khalid nicht gesagt, das Thema der Lektion unseres Lehrers sei gewesen, wie man Sterblichen den Kopf abreißt«, fauchte Tamar. Ihr fliegender Teppich wallte ebenso hoch wie ihr Zorn, bis ihre dunklen Locken beinahe die Deckenkuppel berührten.

So viel Feuer, überlegte Ismael angesichts von Tamars temperamentvoller Verteidigung Khalids. *Schönheit und Köpfchen dazu.* Er schnalzte bedauernd mit der Zunge. *Ich frage mich, wieviel Jahrunderte vergehen müssen, bis sie erkennt, daß Khalid nichts davon bemerkt?*

Es war alles sehr deprimierend, und Ismael verfügte über ein bewährtes Mittel gegen Kummer. »Übt bis morgen, blauen Rauch aus euren Nasenlöchern, blutigen Schaum aus dem Mund und grünes Feuer aus euren Ohren quellen zu lassen. Der Unterricht ist beendet!«

Die jungen Dschinns sprangen von ihren Teppichen und verbeugten sich im gleichen Augenblick, in dem ihre Füße den gefliesten Boden berührten. »WIR HÖREN UND GEHORCHEN«, riefen sie wie aus einem

Munde und verschwanden. Diesmal vergaßen nur fünf von ihnen, ihre Kopfbedeckungen ebenfalls verschwinden zu lassen.

Ismael lachte leise über die Gedankenlosigkeit der Jugend, während er die herabgefallenen Turbane und Schleier aufsammelte. Mit einem Fingerschnippen schickte er sie auf den Rückflug zu ihren Besitzern. Dann ging er in den Garten hinaus, um sich an den Springbrunnen zu setzen, die Goldfische mit Leckerbissen zu füttern und die Schrullen und Schwächen seiner Studenten zu vergessen.

»Es wird sie eines Besseren belehren, wenn sie sich einmal die Zähne an der wirklichen Welt ausgebissen haben«, erklärte er den feisten Fischen. Sie gaben seinen Blick aus runden schwarzen Glubschaugen zurück und antworteten nicht. »Ich hoffe bloß, daß es dann für Khalid noch nicht zu spät ist. Wenn ihm der Kamm noch mehr schwillt, paßt er nicht mehr durch die Tür des Klassenzimmers. Gewiß ist er schlau genug, um in die Wunschbranche einzusteigen – tatsächlich haben er und Tamar die gleiche Chance, als erste den Abschluß zu machen. Wenn er einmal da draußen ist, wird er herausfinden, daß nicht alles, was man im Umgang mit Menschen wissen muß, in Büchern zu lesen steht. Ja, die erste Begegnung mit einem Sterblichen rückt alles in die richtige Perspektive.«

Mit einemmal wurde Ismael nachdenklich. Eine Idee hatte sich in seinen Gedanken eingenistet, und je länger sie blieb, desto reizvoller erschien sie ihm. »Ja«, sagte er sich. »Ja natürlich, das ist vielleicht genau das, was er braucht. Khalid!«

»Ihr habt mich gerufen, o Lehrer?« Khalid saß neben dem älteren Dschinn, beinahe während Ismael noch seinen Namen in die Luft gesprochen hatte. Er wirkte so unbeeindruckt, als habe er die ganze Zeit dort gesessen.

Ismael strahlte und klopfte seinem besten Schüler auf die Schulter. »Khalid, mein Junge, ich habe eine gute Nachricht für dich …«

2

»... In eine *Lampe*? O Khalid, das ist ja wunderbar!« Tamar klatschte in die Hände und blickte ihn mit unverhohlener Bewunderung an. Wie Ismael richtig bemerkt hatte, nahm Khalid die Zuneigung des Dschinn-Mädchens überhaupt nicht wahr.

»Ja, nicht?« erwiderte er und sonnte sich in den Glückwünschen der anderen Studenten. Ismaels Schüler hatten sich an ihrem üblichen Treffpunkt nach dem Unterricht versammelt, um süße, geeiste Getränke zu schlürfen und den Einhorn-Rennen zuzusehen. Seit Khalids Ankündigung allerdings hatte keiner von ihnen mehr auf das Rennen geachtet. »Er sagte, es sei Brauch, neuen Dschinns einen Ring zuzuweisen, aber da ich so vielversprechend bin, leiht er mir seine eigene Lampe für einen Probelauf. Wenn ich einem einzigen Menschen seine Wünsche korrekt erfülle, geht es direkt in meine eigene Lampe.«

»Direkt in den Kochtopf, *dahin* gehörst du«, knurrte Gamal. Das Gesicht des massigen Dschinns lief vor Haß dunkelrot an, als er sah, wie Tamar immer noch an jedem Wort von den Lippen dieses widerlichen Khalid hing. *Köpfchen ist nicht alles,* dachte er bitter. *In einem fairen Kampf mit Zauberkräften könnte ich Khalid, diese hübsche kleine Rosenknospe, packen und seinen Stengel entzweibrechen. Und in einem Kampf mit Zauberkräften, wie* ich *ihn mag, würde nichts von ihm übrigbleiben als ein paar mottenzerfressene Blütenblätter und ein klebriger schwarzer Schmierfilm.*

Tamal seufzte. »Wie lange es wohl dauern wird, bis ich mir eine eigene Lampe verdient habe? Ich habe gehört, daß es in diesen Ringen so eng sein kann, kaum Raum, um etwas aufzubewahren, und überhaupt kein Platz, um eine Familie zu gründen ...« Sie ließ die Worte bedeutungsvoll im Raum stehen; ihr Blick ruhte auf Khalid.

»Ach, ich bin sicher, daß Meister Ismael dich für so gewitzt hält, daß er dir eine Messingflasche zuweist und keinen Ring«, meinte Khalid, dem jede einzelne Anspielung entging, die Tamar in seine Richtung schickte. »Tja, ich muß los. Die Lampe wartet.« Er bedachte seine Klassenkameraden mit einer denkbar knappen Verbeugung und begann zu dematerialisieren.

»Ich hoffe, dein erster Meister ist freundlich!« rief Tamar ihm nach.

»Warum sollte er nicht?« gab Khalid zurück. »Alle Sterblichen sind doch ziemlich gleich.«

»Wie bitte? Alle Sterblichen sollen *gleich* sein?« Tamar riß die Augen auf. »Aber ganz und gar nicht! Warst du nicht im Unterricht, als wir ...? Stimmt, du warst nicht da. Khalid, warte, das solltest du wirklich wissen! Also, es gibt Männer und Frauen, Große und Kleine, Glattrasierte und Bärtige, Glatzköpfe und Behaarte, mit krausem oder glattem Haar, und die Haare, Augen *und* die Haut in so vielen Farben, daß du sie nicht zählen kannst, es gibt welche, deren Augen nicht sehen können, welche, deren Ohren nicht hören können, welche, die rennen, welche, die nicht mal kriechen können ...«

»Ja, ja, das weiß ich doch alles.« Khalids Körper war von der Taille abwärts in Nebel zerflossen. Schnell breitete sich der Effekt nach oben aus, und Khalids letzte Worte, bevor sein Mund verschwand, waren: »Ich will wohl meinen, daß ich einen Sterblichen erkenne, wenn ich einen sehe!«

Khalid lag zusammengekrümmt im Inneren von Ismaels Lampe und fragte sich, wie sein Lehrer es wohl fertiggebracht hatte, sich in einen Ring zu quetschen. Es war nicht nur eng in der Lampe, sondern auch sterbenslangweilig. Das schlimmste daran war, daß er nicht wußte, wie lang seine Gefangenschaft dauern mochte. Ältere Dschinns brauchten nicht ständig in ihren Lampen zu wohnen. Nur die Lehrlinge mußten in ihren Gegenständen ausharren, so lange, bis sie sich vor den Älteren bewährt hatten. Sie konnten sich das Risiko nicht erlauben, so weit fort zu sein, daß sie ihren Ruf verpaßten. Erfahrene Dschinns wie Ismael hatten so geschärfte Sinne, daß sie an den richtigen Ort fliegen konnten, sobald ein glücklicher Sterblicher die Lampe fand und daran rieb. Bis dahin waren sie frei und konnten sich der Gärten, Haine, Paläste und zehntausend anderer Genüsse des Heimatlands der Dschinns erfreuen.

Das Ergebnis dieses Arrangements war, daß kein älterer Dschinn wußte, wo in der Welt der Sterblichen sich seine Lampe gerade befand. Soweit Ismael wußte, konnte diese Lampe, die er Khalid als Aufenthaltsort zugewiesen hatte, auf dem Grund des Ozeans liegen oder begraben unter den Trümmern eines Erdbebens. Andererseits konnte sie auch im Laden eines Händlers stehen oder sich bereits im Besitz des Sterblichen befinden, dem es bestimmt war, an ihr zu reiben und die Überraschung seines Lebens zu erleben.

»Wenn es doch so wäre«, brummte Khalid in sich hinein. Er rutschte unbehaglich an den kalten Metallwänden hin und her. »Meister Ismael ist ein großartiger Lehrer, aber von seinem Geschmack in puncto Inneneinrichtung einer Lampe halte ich gar nichts. Wenn ich selbst eine bekomme, werde ich um etwas besser Gepolstertes, Bequemeres bitten.« Er bemühte sich, einen üblen Krampf aus seinem rechten Arm zu vertreiben. »Das heißt, *falls* ich jemals diesen blöden Auftrag hinter mich bringe und meine eigene Lampe kriege.«

Mit einemmal lief Khalid ein prickelndes, elektrisches Kribbeln das Rückgrat hinauf. Seine Augen blitzten. Ein freudiges Grinsen breitete sich von einem Ohr zum anderen über sein Gesicht aus. Es war unverkennbar, was gerade passierte. Auch wenn die älteren Dschinns behaupteten, das Gefühl nicht in Worte fassen zu können, hatte seit Anbeginn der Zeiten kein Dschinn *dieses* Gefühl mit etwas anderem verwechselt als dem, was es war: Jemand rieb an der Lampe.

Khalid rückte seinen Turban zurecht und zupfte sich eine Falte aus den Seidenhosen. Er beschloß, in einer blauen Rauchwolke zu erscheinen, überlegte es sich dann anders und entschied sich für Orange. Der Sog eines magisches Rufs zog ihn aus der Lampe, bevor er die Farbe des Rauchs ein drittes Mal ändern konnte. Umgeben von orangefarbenen Rauchwolken stieg er auf. Sonnenlicht aus der Tülle der Lampe blendete ihn. Mit einem Freudenschrei brach er an die frische Luft und begleitete seinen großen Auftritt mit einem bescheidenen Donnerschlag.

Der dürre, braungestreifte Straßenkater starrte zu ihm hinauf und nieste.

»Gegrüßet seiet Ihr, o Meister!« Khalid vollführte seine ausgefeilteste Verbeugung, wobei er die Augen niedergeschlagen hielt. Gute Manieren waren alles. »Nennt Euren Wunsch, denn ich werde ihn Euch erfüllen. Ja, drei Wünsche und keinen mehr erfülle ich Euch. *Jedoch!* Mit keinem davon dürft Ihr Euch mehr Wünsche wünschen. Wenn Euch diese Bedingungen zusagen, dann bin ich ihnen entsprechend Euer Sklave.« Die letzten Worte sprach Khalid mit seiner tiefsten Stimme, denn sie waren der machtvollste Zauberspruch und banden den Dschinn vollständig an seinen neuentdeckten Meister.

Der Straßenkater nieste wieder – all dieser Rauch – und rieb dann noch einmal sein räudiges Kinn an der Lampe.

Als er kein Wort von seinem neuen Meister vernahm, blickte Khalid auf. Er sah, daß er sich an einem dunklen, übelriechenden und mit allem Möglichen übersäten Ort befand. In der Welt der Dschinns gab es keine Hinterhöfe, keine Müllhaufen und keine Katzen. Das kleinste Tier, das Khalid je gesehen hatte, war ein Drachenbaby gewesen, und das war beinahe so groß wie er selbst.

Aha, dachte er. *Es scheint, daß Tamar ganz recht hatte. Diese Sterblichen treten in einer verwirrenden Anzahl von Formen und Größen auf. Dieser hier ist weit kleiner als die, die Meister Ismael uns in seinen Visionen gezeigt hat. Sein Schnurrbart ist nicht so sauber wie der von General Nahash, und ... Was ist bloß dieses lange Ding, das sich um seine Füße ringelt?*

Khalid kauerte sich hin und sagte dem Kater nochmals seinen Spruch von den drei Wünschen auf. Immer noch bekam er keine Antwort, und langsam machte er sich Sorgen. *Ich hätte genauer hinhören sollen, als Tamar mir von den Sterblichen erzählt hat,* dachte er. *In der Woche, als Meister Ismael uns über sie gelehrt hat, habe ich den Unterricht versäumt. Als wir das Dematerialisieren geübt haben, bin ich so schnell verschwunden, daß ich Zugluft abbekommen und ich mich erkältet habe. Ich wollte Tamar noch nach den Lektionen fragen, aber ...*

Der Straßenkater hatte keine Ahnung von den

Gedanken, die dem jungen Dschinn durch den Kopf gingen. Er hatte den Kopf selbst voll genug, wenn auch nicht den Magen. Er war nicht zum Kämpfer geboren, und er fand das Leben auf der Straße nicht angenehm. Obwohl er nicht sprechen konnte, sehnten sein Herz und seine Gedanken sich heftig und unablässig nach etwas Nahrung, etwas Zeit, um sich ordentlich das Fell zu putzen, und einem Zuhause, wo ihn jemand liebte. Er konnte ebensowenig einen Dschinn von einem Menschen unterscheiden wie Khalid einen Menschen von einer Katze. Mit einem Herz voller Hoffnung ging er zu Khalid und rieb sich an seinen Händen. Er schnurrte so heftig, daß sein magerer Körper vibrierte.

»Meister?« Der Dschinn war verwirrt.

»Miau«, erwiderte der Kater.

»›Miau‹«, wiederholte Khalid nachdenklich. »Ich weiß, daß ich am Unterricht teilgenommen habe, als wir alle Sprachen der Sterblichen gelernt haben. Dieses Wort kling *beinahe* wie Chinesisch, aber der Akzent stimmt nicht. Hmmm. Vielleich gleicht dieser Mensch einem von denen, die Tamar erwähnt hat – denen, die Augen haben, aber nicht sehen können. Er kann nicht sprechen! Und seht, wie schwach er ist; er muß sich auf allen vieren halten, wie ein Einhorn. O Meister, Meister, wenn Ihr nicht sprechen könnt, wie sollt Ihr nur Eure Wünsche kundtun? Und da ich mich bereits an Euren Dienst gebunden habe, wie soll *ich* sie Euch jemals erfüllen und hier rauskommen?« Khalid tat sich selbst außerordentlich leid. Mit gekreuzten Beinen setzte er sich in der schmutzigen Gasse nieder, wo sein neuer Meister sich an ihm rieb und dabei wie wahnsinnig schnurrte.

Ohne nachzudenken ließ Khalid seine Hand zu den

Ohren des Katers wandern, um sie zu kraulen. Das Schnurren wurde lauter und ekstatischer. Als der düster gestimmte Dschin begann, den Kater unter dem Kinn zu kratzen, während er ihm weiter die Ohren kraulte, geschah etwas.

»GUUUUUUT.«

»Was habt Ihr gesagt, Meister?« Khalid ließ die Hände sinken und starrte den Kater an.

»MEHR! HÖR NICHT AUF. GRRAAHH, *MEHR*!«

Der Befehl erklang in Khalids Kopf. Der Dschinn lachte, als ihm klar wurde, was das bedeutete. »Meister, wie dumm ich doch bin! Wenn Ihr nicht mit Eurem Mund sprechen könnt, so kann ich doch Eure Wünsche in meinen Gedanken hören. Diesen Trick lernen wir schon als Kleinkinder. Nichts einfacher als das, solange Ihr mir *gestattet*, Eure Gedanken zu lesen. Darf ich ...?«

»KRATZ MICH WEITER UNTERM KINN, SONST BEISSE ICH DICH!«

»Sogleich, o Meister.« Jetzt klang Khalid wieder so selbstgefällig wie eh und je. »Ich werde diesen nicht einmal als den ersten Eurer Wünsche rechnen. Da wir gerade davon reden, wie *lauten* denn nun Eure Wünsche, Meister?«

Die Gedanken bildeten sich beinahe, bevor Khalid die Frage formuliert hatte. »NAHRUNG. SAUBERES FELL. LIEBEVOLLES HEIM.«

»Ich höre und gehorche«, sagte Khalid und gab sich alle Mühe, seinen Meister weiter unterm Kinn zu kratzen. Am liebsten jedoch wäre er aufgesprungen und hätte einen Freudentanz vollführt. *Drei Wünsche, alle so leicht zu erfüllen, und alle zugleich gewünscht! Oh, ich werde in meiner eigenen Lampe sitzen, bevor die Sonne wieder untergeht!*

Khalid machte eine Handbewegung, und ein kleiner Festschmaus erschien vor dem Straßenkater. Er hatte die Gedanken des Wesens gelesen und wußte, welche Nahrung es am liebsten mochte, und dann hatte er die Bestellung noch etwas verbessert. Auf einem Stück weißer, goldbestickter Seide stand ein blauer Teller voll mit zartem Hühnerfleisch, enthäutet, entbeint und perfekt gegart. Daneben standen eine rote Glasschale mit rahmiger Milch, eine Platte mit geschupptem Fisch und etwas zart geschmortes Hackfleisch. Sechs lebende Mäuse waren auch noch dagewesen, aber die waren davongerannt, sobald Khalid sie materialisiert hatte. Doch der glückliche Kater, die Nase tief im Huhn vergraben und mit milchtriefenden Schnurrhaaren, vermißte sie nicht.

Während der Kater fraß, entfernte Khalil auf zauberische Weise den Schmutz aus seinem Fell, besserte es dort aus, wo bei Raufereien Stücke herausgerissen worden waren, und heilte ihn von der Räude. Als dies vollbracht war, sah sich Kahlid in der näheren Umgebung nach dem liebevollen Heim um, das den dritten Wunsch erfüllen würde.

Ein paar Straßen weiter, in der Straße der Petroleumverkäufer, stiefelte ein junger Mann mit traurigem Gesicht daher. Er war bei guter Gesundheit und weder arm noch häßlich, doch er war allein. Ebenso wie die Wünsche des Katers willig den Weg in Khalids Bewußtsein gefunden hatten, so waren die Gedanken dieses jungen Mannes für jeden, der die Macht hatte, sie zu hören, laut und deutlich zu vernehmen:

»Ich bin so einsam. Ich wünschte, ich hätte jemanden – irgend jemanden! –, der mein Heim und mein Leben mit mir teilt!

In der Straße der Petroleumverkäufer trat der junge

Mann eine Tonscherbe in die Gegend, und bevor er noch seinen Fuß wieder auf die Erde setzen konnte, fand er sich in dem Hinterhof wieder. Verwirrt blickte er sich um, aber alles, was er sah, waren eine gepflegte, hübsche Katze und ein paar leere Teller inzwischen schmutziger weißer Seide. Der Kater gewahrte die Chance seines Lebens und sauste zu dem jungen Mann, stupste mit dem Kopf gegen seine Beine und schnurrte auf die einnehmendste Weise.

Der einsame junge Mann lächelte und nahm den Kater hoch. »Also so etwas, was macht denn so ein gutaussehender Bursche wie du hier? Du verdienst ein besseres Zuhause. Ob du es wohl mit meinem versuchen würdest?« Der Kater zerbarst fast vor Schnurren und miaute eifrig. »Schön! Dann ist das abgemacht. Und dies hier soll deine Mitgift sein« – er stopfte die leeren Teller und die Seide in den großen Lederbeutel, den er bei sich trug – »denn der Himmel ist mein Zeuge, daß du nicht in den Haushalt eines reichen Mannes aufgenommen wirst.«

Als er seinen neuen Freund aus dem Hinterhof trug, stolperte der junge Mann über etwas. Schwankend bemühte er sich, auf den Beinen zu bleiben und verfluchte das Hindernis, bis er sah, was es war. Den Kater immer noch auf dem Arm, kniete er nieder, um die Lampe aufzuheben.

»Sieht so aus, als hätte jemand hier die Angewohnheit, hübsche Dinge auf die Straße zu werfen«, meinte er zu dem Kater. »So eine Lampe und eine Katze von solcher Schönheit in dieser schmutzigen Gasse ... Es ist wie etwas aus diesen alten Märchen. Ich möchte wissen ...« Die Lampe gesellte sich schnell zu den anderen Gegenständen im Beutel des jungen Mannes, und den ganzen Heimweg über fragte er sich, was das alles zu bedeuten hatte.

Khalid trat vor Meister Ismael, um ihm Bericht zu erstatten.

»Schon zurück?« Der ältere Dschinn klang zugleich erfreut, verblüfft und mißtrauisch.

»Ich hatte Glück, o Lehrer, einen sterblichen Meister zu finden, dessen Wünsche einfach waren.«

»Wahrhaftig? Dann haben sich die Sterblichen geändert, seit den Tagen, in denen ich mehr herumgekommen bin. Er hat nicht verlangt, die Welt zu regieren? Eine Prinzessin zu heiraten? In Gold zu baden?«

»Ganz und gar nicht.« Khalid spürte nur ein kurzes, schuldbewußtes Aufflackern, als er die Wahrheit heftig strapazierte, indem er hinzusetzte: »Ich glaube, mein dramatischer Auftritt, als ich aus der Lampe kam, hat ihn so schockiert, daß er in seinen Wünschen bescheiden geblieben ist.«

»Mein Junge!« Ismael umarmte seinen Vorzeigeschüler und lud ihn dann ein, sich zu setzen und einen Tee mit Minzblättern mit ihm zu trinken. »Du mußt es mir in allen Einzelheiten erzählen, und dann werde ich die Ältesten zusammenrufen, damit wir die Zeremonie vorbereiten können, bei der du deine eigene Lampe erhältst.«

Khalid schlürfte seinen Tee und sprach zu seinem Lehrer, als seien sie nun gleichgestellt. »Ich habe nicht viel Zeit bei meinem ersten Meister verbracht, aber dennoch war es eine interessante Zeit. Das schwierigste daran war, seine Wünsche zu erkennen.«

»So schüchtern war er? Ich hoffe, du hast ihn nicht erschreckt.«

»Es war keine Furcht. Der arme Mann, er konnte nicht sprechen. Der einzige Laut, den ich von ihm vernommen habe, war ein seltsames, knurrendes Geräusch, wie entfernter Donner.« Khalid versuchte, ein Schnurren zu imitieren.

Ismael runzelte die Stirn. »War dieser … dieser Laut alles, was er hervorbringen konnte?«

»Nein. Da war noch ein weiterer. Sehr merkwürdig war er, und beinahe wie wirkliche Sprache.«

»Merkwürdig?« Dem älteren Dschinn schwante etwas. »In welcher Weise?«

»Ich werde mein Bestes tun, um ihn nachzuahmen, o Lehrer. Hab Nachsicht mit mir.« Khalid konzentrierte sich, räusperte sich und stieß stolz hervor: »Miau.«

Ismael vergrub das Gesicht in den Händen und lachte, bis ihm die Tränen kamen.

3

»Ich sehe nicht ein, wieso man mir *das hier* zumutet, wo doch Meister Ismael die ganze Sache so verflucht komisch fand!« In der Lampe seines Lehrers krümmte Khalid sich in eine neue Lage, aber die war genauso unbequem wie die alte. War es vorher schwer gewesen, in der Lampe etwas Ellbogenfreiheit zu finden, so war es jetzt noch schlimmer. Nun hatte er noch dieses fürchterliche *Buch* bei sich.

Zum – wie es ihm schien – hundertstenmal knallte Khalid den Einband des Buchs zu und starrte es wütend an. *Yazids Handbuch der bekanntesten sterblichen Tiere.* »Eine Kinderfibel, das gibt mein großer und weiser Lehrer, Meister Ismael, mir zu lesen. ›Studiere es gut‹, hat er gesagt! ›Vielleicht prüfe ich dich daraus, wenn du zurück bist.‹ Noch nie bin ich so beleidigt worden. Es hätte nur noch gefehlt, daß Tamar es herausbekommt, oder dieser Holzkopf, dieser Rüpel Gamal. Eine so kluge Jungfrau wie Tamar würde nie wieder mit mir reden, wenn sie wüßte, was für einen idiotischen Fehler ich begangen habe. Und Gamal, der würde sich zuerst kranklachen und dann losrennen und dafür sorgen, daß Tamar alles erfährt.«

Khalid wurde der Nacken steif, und er rutschte unbehaglich hin und her. Eine Ecke des Buchs piekte ihn in die Wange. »Autsch!« Knurrend, das Buch ins ewige Höllenfeuer wünschend, machte Khalid sich wieder daran, in Gedanken das Kapitel über Katzen durchzugehen, während er auf die zweite Chance wartete, sich eine eigene Lampe zu verdienen. Er war ärgerlich auf seinen Lehrer, angeödet von der Welt und wütend auf sich selbst.

Und vor allem wartete er ungeduldig darauf, einen *richtigen* Meister zu finden, ein paar Wünsche zu erfüllen und den ganzen unangenehmen Zwischenfall mit der Katze hinter sich zu lassen.

»Heb mich doch jemand auf, um Himmels willen«, brummte er und spähte durch das Loch am Ende der Tülle nach oben. »Komm schon, komm schon, *finde* mich, reib an meiner Lampe, laß mich hier raus, und ich erfülle dir die Sehnsucht deines Herzens, bevor du sagen kannst ›ich wünsche es‹. Jemand, *irgend* jemand soll mich finden! Ich will jetzt diese blöde Prüfung hinter mir haben, ich gehe bald auf dem Zahnfleisch. Komm schon ...«

Er wußte noch nicht, wie gefährlich es werden konnte, *allzu* ungeduldig zu sein.

»Nun, Boabdil, was meinst du? Soll ich es tun?«

Der junge Mann sah von der Lampe, die er in den Händen hielt, zu dem Kater zu seinen Füßen. Der Kater machte sich nicht die Mühe, darauf zu reagieren. Man hatte ihm eine schöne Schale Milch zu trinken gegeben, ein ramponiertes altes Kissen zum Schlafen und die Freiheit, im Heim seines neuen Menschen zu tun, was er wollte. Er war zufrieden, und eine zufriedene Katze macht sich niemals einen Kopf aus den Problemen anderer Leute. Wie alle Katzen hatte er etwas von einem Philosphen. Er zog es vor, lange, lange Zeit über ein Problem nachzudenken, bis er etwas unternahm. Manche Probleme verschwanden, wenn man lange genug darüber nachdachte.

»Du bist auch nicht gerade eine Hilfe, weißt du«, sagte der junge Mann und kraulte den Hals des Katers mit dem bloßen Zeh. Er wandte sein Augenmerk wieder der Lampe zu, holte tief Luft, atmete langsam aus und sagte: »Wenigstens ist außer dir niemand im Haus, der sieht, daß ich mich wie ein Idiot benehme, Boabdil.«

Der Kater hob seine Nase um eine Nuance, als wolle er sagen: *Schon, aber Katzen vergessen nie etwas.* Aber es war verlorene Liebesmüh.

»Weißt du, im Märchen ist es immer so, daß ein armer junger Mann die Wunderlampe findet und den Dschinn herausläßt«, fuhr der junge Mann fort. Er wischte sich eine schwarze Haarsträhne aus den Augen und verlagerte seine langen, dürren Beine auf dem Sitzpolster. »Ja, ein armer junger Mann oder ein Schiffbrüchiger. Gewöhnlich schenkt der Dschinn, der der Sklave der Lampe ist, seinem Meister Reichtum, Ruhm und eine wunderschöne Braut. Ich würde sagen, die Chance auf solch einen Lohn ist das Risiko wert, wie ein Idiot auszusehen.« Er wog die Lampe auf einer Handfläche und hob die andere, als wolle er beginnen, daran zu reiben.

Doch er hielt inne, beunruhigt von einem neuen Gedanken. »Manchmal jedoch ist es ein wildgewordener Dschinn. Ein Ungeheuer! Sobald er aus der Lampe erscheint, versucht er sogleich den Mann zu töten, der ihn befreit hat.« Er stellte die Lampe neben sich auf den Boden und stützte das Kinn in die Hand, während er diese widrige Möglichkeit bedachte.

Der Kater Boabdil, der sich inzwischen an regelmäßige Mahlzeiten gewöhnt hatte, beschloß, daß es langsam an der Zeit für eine weitere war. Sein lautes »Miau« sollte besagen: »Füttere mich! JETZT!« Es war nicht seine Schuld, daß sein Mensch beschloß, dies als mystisches Zeichen zu interpretieren.

»Aha! Recht hast du, Boabdil! In jenen Geschichten,

in denen der Dschinn versucht hat, seinen Meister zu vernichten, hat der Mann immer eine Möglichkeit gefunden, das Wesen mit einem Trick zurück in die Lampe zu locken und sie dann auf dem Meeresboden zu versenken. Sie sind bemerkenswert dumm, diese Dschinns. Ich habe alle Geschichten gelesen; ich kenne den Trick, wie man einen bösen Dschinn dazu bringt, sich in seine Lampe zurückzuziehen. Ich kann alles kontrollieren, was aus dieser hier erscheinen mag.« Voll Selbstvertrauen hob er die Lampe hoch.

Diesmal legte er sogar die zum Reiben bereite Hand an den Messingbauch der Lampe, bevor er sie wieder hinstellte.

»Meinst du, daß *dieser* Dschinn vielleicht auch dieselben Geschichten gelesen hat wie ich und zu schlau ist, um auf den alten Trick reinzufallen, Boabdil?«

Boabdil miaute nochmals, diesmal lauter. Schon war er verwöhnt dadurch, ein Dach über dem Kopf zu haben – selbst ein so bescheidenes wie dieses. Sein Leben im Hinterhof war nicht einmal mehr eine böse Erinnerung. Er wußte, daß er als Katze Anrecht auf einen besseren Service hatte als den, den dieser Mensch ihm bot.

»Was ist, Boabdil? Bist du böse auf mich, weil ich ein Feigling bin?«

»*Mrowrowwwwwww!*« Frustriert über die menschliche Dummheit, stupste Boabdil mit dem Kopf an die Hand seines Menschen, in der Hoffnung, daß dieser dickschädlige Zweibeiner den Wink verstehen und diese Hand benutzen würde, um einer ehrlichen Katze ein nettes Stück Hühnerfleisch zu holen.

»Ohh!« Der junge Mann war von Ehrfurcht ergriffen. »Siehe, ein dummes Tier schiebt meine Hand näher an die Lampe heran. Dies ist wahrhaft ein Zeichen des Himmels.«

Boabdil hatte seine eigene Meinung darüber, wer von beiden der Dümmere war. Mit nichts als seiner Würde im Magen stolzierte er aus dem Raum. Sein Mensch bemerkte nicht, daß er ging; er war zu beschäftigt damit, an der Lampe zu reiben.

Zuerst geschah nichts. Der junge Mann zog ein langes Gesicht. »Ich bin wahrhaftig ein Dummkopf«, murmelte er. »Ich habe zu viele Tage damit vertrödelt, den Geschichtenerzählern im Bazar zuzuhören. Mein armer verstorbener Vater hatte recht. Kein Wunder, daß ich als Kaufmann so ein Versager bin! Die anderen sehen mich kommen und geben mir schlechte Waren, miese Preise und keinen Kredit. Wenn ich mich beschwere, verbergen sie ihre Schwindeleien hinter langen, tränenreichen Geschichten über hungrige Kinder und hinfällige Eltern, die sie zu unterhalten haben. Sogar wenn mein Verstand mir sagt, daß sie lügen *müssen*, glaube ich ihnen am Ende jedesmal! Oh, ich mache es ihnen zu leicht, wirklich. Einen Dummkopf kann jeder betrügen.«

Er war immer noch dabei, sich selbst herunterzumachen, als er eine haarfeine Rauchwolke bemerkte, die aus der Tülle der Lampe aufstieg. Zuerst war sie blau, dann orange, dann schien sie das Interesse an der ganzen Sache mit der Farbe zu verlieren und wies einfach ein tristes, ganz normales Grau auf. Er bekam es mit der Angst zu tun ließ die Lampe fallen, doch der Rauch stieg weiter aus ihr auf. Dichter und dichter wurde er, bis der ganze Raum von einem träge wabernden Dunst erfüllt war.

Der junge Mann spürte Panik in seiner Brust aufsteigen. In diesem durch Zauberei herbeigerufenen Nebel konnte er kaum etwas sehen, aber er hätte darauf wetten mögen, daß der Dschinn sehen konnte. [Es mußte ein Dschinn dasein, auch wenn er noch nicht materialisiert war. Wie das alte Sprichwort lehrt: »Wo Rauch ist, sind auch Ungeheuer.«] Wenn die Menschen den Trick herausbekommen hatten, unfreundliche Dschinns zu täuschen, warum sollten die Dschinns im Lauf der Jahre nicht selbst auf ein oder zwei Tricks gekommen sein? Dieser ganze Rauch gab den perfekten Hinterhalt ab. Er sah sich nach der Tür um und konnte sie nicht finden.

»Hilfe!« schrie er. »Hilft mir denn niemand?«

»Du mußt schon genauer sein, weißt du«, meinte eine äußerst grämliche Stimme. »›Hilfe!‹ ist als Wunsch nichts Besonderes. Und sowieso zählt er nicht; bis jetzt habe ich dir noch kein Angebot gemacht. O Meister.« Letzteres setzte die Stimme nachträglich hinzu, ohne die geringste Ehrerbietung.

»Wo ...?« Der junge Mann hustete heftig. »Wo bist du? Ich kann nichts ...«

Der Rauch verschwand. Der junge Mann fand sich Auge in Auge mit einem Wesen wieder, das nicht wie ein Ungeheuer wirkte. Groß und breitschultrig, mit lockigem goldbraunen Haar und gebräunter Haut, war das einzig Beängstigende an ihm das häßliche, höhnische Lächeln, zu dem sein feingeschnittenes Gesicht verzogen war. Abgesehen von einem kleinen Vermögen an Edelsteinen, mit denen sein safrangelber Gürtel bestickt und seine blaue Brokatweste abgesetzt waren und die die weiße Straußenfeder an seinen purpurroten Turban hielten, hätte der Dschinn für einen Menschen ungefähr im Alter seines neuen Meisters durchgehen können.

Es war beinahe enttäuschend.

»Bist du ... bist du der Sklave aus der Lampe?« fragte der junge Mann zögernd.

»Nein, ich bin der Riese aus dem schmierigen Spüllappen. Natürlich bin ich der Sklave aus der Lampe. Und wer bist du?«

Der junge Mann runzelte die Stirn. Er hatte von Dschinns gehört, die zu gefallen suchten, die verschlagen, clever oder schlicht und einfach böse waren. Noch nie hatte er gehört, daß einer so ungehobelt war.

Trotzdem, egal, ob es sich widerlich benahm oder nicht, das Wesen war aus der Lampe gekommen und mußte große Zauberkräfte besitzen. Besser, er war höflich. Er verneigte sich. »O Sklave, man nennt mich Haroun ben Hasan, Sohn von Hasan ben Mustafa, einer der reichen Kaufleute dieser Stadt.«

»Reich?« Jetzt lag eindeutig ein hämischer Unterton in der Stimme des Dschinns. Er sah sich in dem Zimmer um. Es war einigermaßen sauber, aber größtenteils unmöbliert. Die Kissen waren ziemlich durchgesessen, der Teppich war verschlissen und die niedrigen Holztische neigten sich auf ihren angeschlagenen und zerbrochenen Beinen in allen möglichen und unmöglichen Winkeln. Der Dschinn schaute sich das Ganze an und bemerkte dann: »Wenn so die Söhne der reichen Kaufleute leben, will ich die Häuser der Armen lieber gar nicht sehen.«

Harouns schwarze Augen glühten vor Zorn. »Mein Vater *war* ein reicher Kaufmann! Seine Karawanen haben ein übers andere Mal Schätze aus dem Osten mitgebracht. Einst war dieses Haus erfüllt von Musik, Gästen, Dienstboten, Poesie ...«

»Ich weiß, ich weiß, und dann ist dein böser Onkel vorbeigekommen und hat alles geraubt. Oder der Sultan hat es genommen. Oder vielleicht hatte der Großwesir einen Anfall von Habsucht. Es interessiert mich nicht. Du verschwendest deine und meine Zeit, indem du dem nachweinst, was aus und vorbei ist, und dabei könntest du deinem Leben jetzt eine halbwegs anständige Wendung geben. Nun? Worauf wartest du?«

»Warten ...?«

Khalid gestikulierte hektisch und drängend. »Komm, mach schon. Du siehst nicht aus wie jemand, der in seinem Leben kein Buch gelesen hat. Du weißt, wozu ich hier bin, oder du hättest mich nicht den Sklaven aus der Lampe genannt. Sklave – brrr! Ich hasse das Wort. Mein Name ist Khalid. Sprich mich damit an.«

»Du meinst, ich soll ... du bist hier, um ... du kannst mir meine Wünsche erfüllen?«

»Ja, drei Stück, falls sie dir einfallen, bevor wir beide alt und grau sind.«

»Dem Himmel sei Dank!« Haroun klatschte in die Hände. »Ich weiß *ganz genau*, was ich will. Als erstes wünsche ich mir ...«

»Immer langsam mit den jungen Pferden.« Khalid gebot ihm mit erhobenem Zeigefinger Einhalt. »Zuerst muß ich mich durch das ganze Zauberkauderwelsch schlagen, das meine Magie an deine Wünsche bindet, sonst ist es nicht offiziell, und wir müssen *noch mehr* Zeit vertun und von vorn anfangen. Mal sehen, wie war das noch? Ach ja. Ähem: Gegrüßest seist du o Meister nenne deinen Wunsch denn ich werde ihn dir erfüllen ja drei Wünsche und keinen mehr erfülle ich dir wenn dir diese Bedingungen zusagen dann bin ich ihnen entsprechend dein Sklave.« Er rasselte seinen Spruch ohne Punkt und Komma herunter. »In Ordnung, das hätten wir erledigt. Los! Und mach ran, es gibt schönere Orte, an denen ich mich aufhalten könnte.«

»Ich wünsche mir Reichtum ...«

»Okay. Ich meine, ich höre und gehorche.« Ein Sack Gold von der Größe eines einjährigen Löwenjungen fiel von der Decke und zerschmetterte um ein Haar Harouns Fuß.

»Ich wünschte, du würdest besser aufpassen«, fauchte Haroun und schlug dann die Hand vor den Mund.

»Zu spät.« Khalids Lächeln war gehässiger als das einer hungrigen Hyäne. Der Sack Gold schoß wieder zur Decke hinauf und schwebte so zart wie möglich wieder herab.

»Also, ich finde das unfair«, protestierte Haroun.

»Ich bin nicht hier, um fair zu sein, ich brauche bloß so lange dein Sklave zu sein, bis du deine drei Wünsche aufgebraucht hast. Trödel nicht länger herum, und versuch dir diesmal etwas Nützliches zu wünschen.«

»Aber das ist *wirklich* nicht fair. Ich habe nur eine Redewendung gebraucht. Ich sollte nicht für ein versehentlich ausgesprochenes Wort bestraft werden.«

Khalid hatte ein mitfühlendes Wesen, aber seine vermasselte erste Mission hatte ihn erbittert. Normalerweise hätte er Haroun beigepflichtet und ihm erlaubt, den zweiten, vergeudeten Wunsch zurückzunehmen. Er war eigentlich eine großmütige Seele.

Im Augenblick allerdings konnte er nur daran denken, was weit weg im Heimatland der Dschinns geschehen mochte. Bei den Sterblichen und bei den Dschinns lief die Zeit nach unterschiedlichen Gesetzen ab. Manchmal war das, was zu Hause Tage waren, hier nur Minuten, und manchmal stellte sich heraus, daß ein bei den Dschinns verbrachter Tag einem Jahrhundert der Sterblichen gleichkam. Wo waren seine

Klassenkameraden? Hatte Meister Ismael sein Versprechen vergessen und ihnen von Khalids Schnitzer erzählt? Hatte Gamal es geschafft, die Wahrheit auszuschnüffeln? Würde Tamar ihn immer noch anschauen, als sei sein kleinster Zaubertrick das Klügste, das sie je gesehen hatte? Als er diesmal allein in Meister Ismaels Lampe gegesssen hatte, hatte er eine Menge Zeit gehabt, die Gesellschaft seiner Klassenkameraden zu vermissen (mit Ausnahme Gamals) und zu bemerken, daß die Erinnerung, die öfter als alle anderen zurückkehrte, eine Vision von Tamars Gesicht war, wie sie ihm zulächelte.

Ihm wurde klar, daß er sie mehr vermißte als alles andere.

Ich muß diesen Job abschließen und nach Hause kommen, dachte er wütend. *Ich muß mit Tamar reden, ihr meine Sicht der Dinge erzählen, bevor jemand anderes ihre Gedanken gegen mich vergiftet. Mein Gott, vielleicht* lacht *sie ja sogar über mich! Das könnte ich nicht ertragen. Wenn ich zurück bin und Erfolg gehabt habe, wird von diesem ersten Auftrag nicht mehr übrigbleiben als ein Scherz.*

Seine Eile, so schnell wie möglich nach Hause zu kommen, machte Khalid noch reizbarer. »Jammern hilft jetzt auch nichts mehr«, erklärte er Haroun. »So sind eben die Regeln. Weißt du, statt dich bei mir über deine eigene Gedankenlosigkeit zu beklagen, solltest du mir dankbar sein. Ich *hätte* es ausnutzen können, als du deinen ersten Wunsch getan hast. Du hast bloß nach Reichtum verlangt. Du hast nie gesagt, wieviel. Kluges Wünschen ist ein Geschick, das wenige Sterbliche besitzen. Du muß prä-zi-se sein. Ich hätte dir ein einziges Goldstück geben können. Für einen Mann in deiner Stellung wäre das immer noch Reichtum gewesen. Ich meine, ich bin mehr als freundlich zu dir gewesen; freundlicher, als du es verdienst.« Er verschränkte die Arme über der Brust und blickte hochmütig.

Haroun sah hinab auf den riesigen Sack Gold. »Wahrscheinlich hast du recht.« Er klang niedergeschlagen. »Es tut mir leid.«

»Ist schon in Ordnung. Nächstes Mal denk nach, bevor du sprichst.« Einige Zeit verging. Khalid wippte unruhig mit dem Fuß. »*So lange* brauchst du auch wieder nicht nachzudenken. Wenn dir kein dritter Wunsch einfällt, kann ich dir ein paar unserer Standardvorschläge machen. Wir haben da ein paar nette Heiraten mit Töchtern von Sultanen an der Hand. Oder wie wäre es mit einem fliegenden Teppich? Einem Palast mit unsichtbaren Dienern? Einem Reitstall voll weißer Pferde? Einem Palast mit unsichtbaren Dienern mit einem angebauten Reitstall voll weißer Pferde?«

Haroun sah nicht so aus, als führe ihn irgend etwas davon in Versuchung. Khalid probierte es in einer anderen Richtung. »Du bist Kaufmann, nicht? Nun, was würdest du sagen zu einem Jahresvorrat von irgendwelchem Schnickschnack, mit dem ihr Sterblichen Handel betreibt?«

Haroun befeuchtete sich die Lippen. »Ich habe beschlossen …«

»Gut! Komm raus damit. Was willst du? Rede schon.«

»Ich will … ich will …«

»Ja, ja, ja …?«

»Mehr Wünsche. So viele Wünsche, wie es Sterne am Himmel gibt und Sandkörner am Strand und Haare auf allen Köpfen aller Generationen von Männern, die je geboren worden sind, die heute leben und die jemals geboren werden, bis zum Ende aller Zeiten.« Er hielt inne, um Luft zu holen, und setzte hinzu: »Präzise genug für dich?«

Diesmal lag das Schweigen auf Khalids Seite.

Schließlich sagte er: »Grmmmpf.«

»Wie wäre es mit ›ich höre und gehorche‹?« wollte Haroun wissen.

»Das kannst du nicht *machen*!« platzte Khalid heraus.

»Wieso nicht? Ich habe es gerade getan.«

»Nein, ich meine, du kannst es *wirklich* nicht. Das ist illegal. Du warst mit den Bedingungen einverstanden. Drei Wünsche, keinen mehr, und du kannst keinen davon benutzen, um dir mehr Wünsche zu wünschen. Du hast es *versprochen* ...»

»Davon hast du nichts gesagt, daß man sich nicht mehr Wünsche wünschen darf. Also wirklich, das ist so einfach, daß ich überrascht bin, daß in den Märchen nie jemand daran gedacht hat.« Haroun reckte die Schultern. Er war zufrieden mit sich.

»Und ob ich etwas davon gesagt habe! Die Vorbehaltsklausel gehört zum Standardverfahren. Sonst würde jeder Dschinn auf der Welt immer noch seinem ersten Meister dienen. Ihr Sterblichen seid solche Gierknochen! Und es werden keine Ausnahmen gemacht, glaub mir. Selbst König Salomo konnte die Dschinns, die ihm dienten, nicht länger halten, nach dem sie dreimal nach seinem Wunsche getan hatten.«

»Ich wünschte«, bemerkte Haroun, »du könntest dich hören.«

»Ich kann mich ganz ausgezeichnet hören, und ich ...«

»Nicht jetzt. *Vorhin.*»

Und plötzlich spürte Khalid ein Zucken in der

Brust, als seine angeborene Zauberkraft sich rührte. Ohne sein Wollen formten seine Lippen die Worte: »Ich höre und gehorche«, und der schäbige Raum verschwamm zu einer Vision desselben Zimmers vor wenigen Minuten. Von Entsetzen ergriffen sah Khalid sein eigenes Gesicht, gelangweilt und arrogant. Hier stand kein rechtschaffener Dschinn, der nur darauf wartete, sein angeborenes Talent, Wünsche zu erfüllen, in die Tat umzusetzen. Hier stand nur Khalid der Stolze, Khalid der Eitle, Khalid, dessen einziges Bestreben es war, sein falsches Selbstbild als der Klügste, der Talentierteste, der Beste aufrechtzuerhalten.

Er dachte an seine Selbstsucht und Ungeduld, die daraus entstanden waren. Er sah zu, wie eben diese Ungeduld ihn dazu trieb, die magischen Worte herunterzuhaspeln, die ihn als Harouns Sklaven banden. Er hörte die Worte, aber wichtiger noch waren die Worte, die er *nicht* hörte.

»Die *Vorbehaltsklausel*!« schrie er, während die Vision verblaßte. »Ich habe die *Vorbehaltsklausel* vergessen!«

Diesmal war es an Haroun zu lächeln. »Wie unachtsam von dir.«

Khalid kroch vor ihm im Staub und umklammerte seine Knie. »O Meister! O freundlicher, wohlwollender, weiser Meister, du willst mich doch nicht zwingen, dir all diese Wünsche zu erfüllen, oder? Das wäre nicht fair.«

»Ich bin auch nicht hier, um fair zu sein«, sagte Haroun.

»Aber daß ich die Vorbehaltsklausel vergessen habe, das war nur ein Zufall, ein Versprecher! Dafür sollte ich doch gewiß nicht bestraft werden!«

»Jammern hilft jetzt auch nichts mehr«, meinte

Haroun, der sich so gut amüsierte wie seit Jahren nicht. »So sind eben die Regeln.« Er tätschelte Khalid den Kopf, so daß ihm der Turban in die Augen rutschte. »Nächstes Mal« – er sprach die Worte betont langsam aus – »*denk nach*, bevor du sprichst.«

Khalid dachte nach. Er dachte an seine frühere Eitelkeit, die großen Hoffnungen, die Meister Ismael in ihn gesetzt hatte, Gamals finsteren Neid und an die schreckliche, ausweglose Lage, in die er sich gebracht hatte.

Er dachte an Tamar.

Als er lange genug nachgedacht hatte, öffnete er den Mund. Er sprach nicht; er schrie.

»Tsss, tsss«, sagte Haroun. »Mach nicht so einen Aufstand. Wirklich, ich *wünschte*, du würdest damit aufhören.« Gegen seinen Willen verhallten Khalids Schreie. »Schon besser.« Haroun nahm die Lampe.

»Das wird mir *Spaß* machen.«

4

An diesem Abend feierte man im Palast ein Fest. Im Palast gab es ein Fest nach dem anderen.

Gerade, als die Akrobaten in der Mitte der Festhalle ihre berühmte, fünfzehn Mann hohe menschliche Pyramide vollendet hatten, schwebten Rosenblätter von der Decke herab. Die Gäste applaudierten überschwenglich und warfen ihnen aus den kleinen Goldtöpfen, die ihr Gastgeber vorsorglich bereitgestellt hatte, händeweise Silber und Perlen zu. Der Anblick von so viel Reichtum war zuviel für die Männer an der Basis der Pyramide. Sie sprangen vor, um so viel aufzusammeln, wie sie raffen konnten, allerdings nur, um von ihren Künstlerkollegen in Grund und Boden geschmettert zu werden, als die ganze sorgfältig ausbalancierte Konstruktion zusammenbrach.

Die Gäste applaudierten noch lauter und lachten. Tief beschämt über das, was ihre Habgier angerichtet hatte, sortierten sich die Akrobaten auseinander und zockelten aus der Halle. Mit steinerner Miene reichte ein Diener, dessen Uniform aus goldenem Tuch geschneidert war, jedem von ihnen beim Hinausgehen ein kleines scharlachrotes Ledersäckchen voll Goldstücke. Andere Diener huschten eilig mit Besen über den perlenübersäten Boden und kehrten ein Vermögen weg, das man später vom höchsten Balkon des Palasts aus den Bettlern zuwerfen würde, die unten vor dem Tor warteten.

Inmitten all dieses Reichtums und Luxus saß der Hausherr auf einem vergoldeten Thron in Form einer Lotusblüte. Die Gäste, die das Glück gehabt hatten, Plätze in seiner Nähe zugewiesen zu bekommen, spürten langsam erste Regungen von Hunger. Das Bankett, das vor der Vorstellung serviert worden war, war mehr als üppig gewesen – allein mit den Resten hätte man den Harem des Sultans eine Woche lang ernähren können –, aber diese Gäste hatten keinen Bissen gegessen. Die gebratenen Pfauen, denen man all ihre Federn wieder angesteckt und die Krallen golden lackiert hatte, die gegrillten Tauben in Pflaumensauce, der mit honigglasierten Heuschrecken gefüllte Riesenkarpfen waren alle unberührt an ihnen vorbeigetragen worden. In ihre juwelenbesetzten Pokale hatte man die Weine aus hundert legendären Weingärten eingeschenkt, und sie hatten keinen Schluck davon getrunken.

Jene, die neben dem Herrn saßen, nahmen es in Kauf, sich einen Abend lang unwohl zu fühlen, denn sie wären lieber verhungert, als es darauf ankommen zu lassen. War es das Risiko wert, einen Bissen von dem köstlichsten Mahl zu nehmen, das je zubereitet worden war, wenn der Herr *ausgerechnet in diesem Moment* beschloß, einen etwas zu fragen? Da würden sie sitzen, den Mund randvoll mit einem großen Stück Kokosnußkuchen mit Aprikosenguß, und der Herr würde sie ungeduldig anstarren und auf eine Antwort warten.

Und wenn er nicht warten wollte? Wenn das Warten ihn *ungehalten* machte? Wie, wenn die Frage, die er einem eben gestellt hatte, etwas mit einem seiner legendären Geschenke zu tun hatte?

Mein Freund, würdest du wohl gern einen eigenen Palast besitzen? Oh, nichts Besonderes. Nur einen kleinen an den Ufern eines Bergsees, eine Art Sommerresidenz. Wäre das etwas für dich?

Er hatte das früher schon getan – Geschenke

gemacht, die so prächtig waren, daß einige seiner Gäste in Ohnmacht gefallen waren, als er sie beschrieben hatte. Er konnte es jederzeit wieder tun. Das war es wert, ohne Abendessen auszugehen, um den Mund freizuhaben und zu antworten: »Ich nehme dankend an, o mein Gebieter Haroun ben Hassan!«

Heute abend allerdings schien Fürst Haroun nicht so großzügig wie üblich. Das Höchste, was er seinen Gästen geschenkt hatte, war ein feiner Seidenteppich pro Kopf gewesen und Tiegel kostbaren Parfüms, die sie ihren daheimgebliebenen Frauen mitbringen sollten. Die Gäste, die ihm am nächsten saßen, bemerkten, wie ernst er wirkte. Sie taten ihr Bestes, um ihn aufzuheitern, machten Scherze und sangen witzige Lieder zu seiner Unterhaltung. Nichts funktionierte. Er sah beinahe so verdrossen aus wie sein goldgekleideter Diener, der, der die Künstler belohnt hatte.

Fürst Haroun fand weder die Künstler noch die Lieder und Scherze seiner Gäste unterhaltsam. Mit starrem Blick schaute er über die ganze Festhalle hinweg und sah nichts. Sein Abendessen, das auf juwelenbesetzten Tellern vor ihm stand, hatte er nicht angerührt. Er streichelte den braungetigerten Kater auf seinem Schoß und fütterte ihn mit den besten Bissen von seinem Teller.

»Tja, Boabdil, was meinst du?« fragte er das Tier. »Ist das schön? Bist du glücklich?« Der Kater schnaubte und grub die Krallen in die Seidengewänder seines Menschen. »Autsch! Bitte ein bißchen vorsichtiger an dieser Stelle, mein Freund. Wenn du nicht antworten willst, kann ich dich nicht zwingen, ich weiß. Ich wünschte nur ...«

Die Festhalle erstarrte. Die Flammen der parfümierten Fackeln hörten auf zu brennen. Die Tanzmädchen verharrten mitten im Sprung. Die Gäste saßen wie versteinert an ihren Plätzen. Hier schwebte ein Kelch einen Zentimeter vor einem durstigen Mund, dort wartete ein Stück halbgekauter Speise darauf, geschluckt zu werden.

Nur der grimmige Diener in seiner goldenen Livree bewegte sich. Langsam, lustlos durchquerte er den Raum und schlängelte sich zwischen den bewegungslosen Tänzerinnen durch. Als er am Fuß von Fürst Harouns Lotusthron anlangte, verbeugte er sich und fragte:

»Was ist denn *jetzt* schon wieder?«

Haroun zog eine Grimasse. »Ich dachte, darüber hätten wir schon einmal gesprochen, Khalid. Das ist *keine* Art, mit seinem Meister zu reden.«

»Wenn nicht, dann brauchst du dir bloß zu *wünschen*, daß ich so mit dir rede, wie du willst«, antwortete der Dschinn. »Warum machst du das nicht?«

»Ich sehe nicht ein, warum ich gute, teure Wünsche auf etwas verschwenden soll, das du ganz ausgezeichnet selbst lernen kannst.« Haroun verzog den Mund. »Du bist genau wie Boabdil; ihr verbringt eure ganze freie Zeit damit, nach neuen Arten zu suchen, wie ihr mich ärgern könnt.«

»Was für freie Zeit?« erwiderte Khalid prompt.

»Ach, vergiß es.« Haroun stützte das Kinn in die eine Hand und wies mit der anderen in die erstarrte Festhalle. »Sieh sie dir an«, befahl er. »Schau nur. Einhundertfünfzig meiner besten Freunde. Was glaubst du, wie viele von ihnen wissen, wer ich bin?«

»Der Ruhm Fürst Harouns ist größer als der aller Könige, aller Prinzen, aller Sultane, aller Krieger, aller ...«

»Genug!« Haroun unterbrach Khalids monoton heruntergeleierten Vortrag. »Du weißt schon, was ich meine: Wie viele von ihnen kennen mich *wirklich*? Wie viele wären immer noch meine Freunde, wenn ich, durch irgendein Wunder, morgen ohne die Reichtümer aufwachen würde, die deine Zauberkraft mir verschafft hat, und ohne dich, damit du mir neue bringst?«

Die Miene des Dschinns hellte sich auf. »Eine *ausgezeichnete* Idee, o Meister! Wir sollten das sofort ausprobieren. Wenn du jetzt nur so gut wärest, das Ganze in Form eines Wunsches zu formulieren ...«

»Das würde dir wohl so gefallen, was?« Haroun stieß ein trockenes Lachen aus. »Ich glaube, bevor ich mir wünsche, daß deine Zauberkräfte mich verlassen, werde ich mir wünschen, daß sie statt dessen *diese da* verlassen. In der Tat *wünsche* ich, diese ganze blöde Party wäre vorbei, meine sogenannten Freunde wären wieder zu Hause sind, und wir drei – wie war noch der Name dieses einen Palasts, den du mir gezaubert hast? Dieser irgendwie rosafarbene da in der ruhigen Straße? Er hatte einen sehr hübschen Garten voller Pfirsichbäume ...«

»Der Palast der Ewigen Glückseligkeit, o Meister«, sagte Khalid seufzend.

»Ja, das war es. Ich wünsche, daß du uns dorthin bringst, nachdem du *das hier* aufgeräumt hast.« Seine Geste umfaßte das erstarrte Bankett.

»Ich höre« – jedes Wort wurde von einem Seufzer gefolgt – »und gehorche.«

Die erstarrten Fackeln erwachten flackernd wieder zum Leben, aber nur für einen Augenblick. Die Gäste rührten sich wieder, aber nicht lange. Der Dschinn klatschte einmal in die Hände, und die Lichter gingen aus. Ein kurzes Aufbranden panikerfüllter Schreie der

Gäste brach in dem Moment ab, als Khalid zum zweitenmal in die Hände klatschte. Nun war es ebenso vollkommen still wie finster.

»Nun?« erklang Harouns Stimme aus dem Dunkel. »Wozu brauchst du so lange? Wir warten.«

»Ach, halt doch die Luft an«, knurrte Khalid, aber nicht so laut, daß sein Meister es gehört hätte. Langsam und unwillig führte er seine Hände ein drittes Mal zusammen.

Haroun hatte den Nachhall des Klatschens noch im Ohr, als er und Boabdil sich schon in den Palast seines Begehrs versetzt fanden. Sie befanden sich im Garten der Fünf Tiger und lagen auf dicken Seidenkissen unter dem schönsten der Pfirsichbäume. Die Äste waren schwer mit rosig-goldenen Früchten beladen. Wollte Haroun die süßesten Pfirsiche kosten, die die Welt je gesehen hatte, so brauchte er nur im Liegen die Hand nach oben zu strecken und sie zu pflücken.

Statt dessen sagte er: »Ich wünschte, ich hätte jetzt einen schönen Pfirsich in der Hand.«

Hinter dem Baumstamm erklang ein Seufzer. »Ich höre und gehorche.«

Haroun sah den Pfirsich an, der in seiner Hand erschienen war. Er drehte ihn von einer Seite auf die andere und untersuchte ihn aus jedem Blickwinkel. Hätte er die Augen eines Habichts gehabt, er hätte keinen Makel daran finden können. In Form, Farbe und Duft war er von vollkommener Perfektion. Zweifellos würde sich beim ersten Bissen, den er nahm, erweisen, daß sein Geschmack ebenfalls vollkommen war.

Er machte sich nicht die Mühe hineinzubeißen. »Du hast mir den Pfirsich in die *linke* Hand gelegt, Khalid«, sagte er. »Du weißt doch, daß ich Obst nur mit der *rechten* Hand esse.«

Khalid kam um den Baum gelatscht und maß seinen Herrn mit einem giftigen Blick. »In deinem Wunsch hast du davon nichts erwähnt. Du hast dir nur gewünscht, der Pfirsich sollte *in deiner Hand* sein.«

»Ja, aber du *weißt* doch ...«

»Ich weiß überhaupt nichts!« brüllte Khalid. »Freie Wesen *wissen* Dinge; Sklaven tun nur, was man ihnen befiehlt. Wenn du willst, daß ich selbständig denke, muß ich unabhängig sein, und das willst du schließlich nicht, oder?«

Haroun legte den Pfirsich weg und rieb sich gedankenvoll die Oberlippe. »Ich bin noch nicht gänzlich verblödet, Khalid. Es ist ja nicht so, daß ich dir die Freiheit mißgönne. Ich habe nichts gegen Unabhängigkeit. Es ist bloß bei den meisten Sklaven so, daß sie sich, wenn man ihnen die Freiheit schenkt, damit aus dem Staub machen. Das ist das, was mir daran nicht gefällt. Du würdest mir fehlen.«

Khalid ließ sich in das taufeuchte Gras unter dem Pfirsichbaum fallen und starrte seinen Meister trotzig an. »Vielleicht würde ich dir nicht so sehr fehlen, wenn du sonst noch ein paar Freunde hättest.«

Haroun lachte. »Ich habe soeben versucht, ein paar Freundschaften zu schließen, erinnerst du dich? Es hat nicht funktioniert.« Er kratzte Boabdil hinter den Ohren. Der Kater zuckte mit den Schnurrbarthaaren, sprang auf und stolzierte davon. Haroun rief drängend hinter dem Tier her, doch Boabdil ging weiter, bis er zu einem der fünf Onyx-Tiger in Lebensgröße kam, die dem Garten seinen Namen verliehen hatten. Schnurrend sprang Boabdil in eine Schleife im Schwanz des schlafenden Tigers und schlief seinerseits ein.

»Siehst du?« meinte Haroun und wies auf den

Kater. »*So was* ist für euch Unabhängigkeit! Ich habe mir höchstpersönlich gewünscht, ich habe dir befohlen, dieses undankbare Vieh zum Sprechen zu bringen. Hat er seitdem ein einziges Wort mit mir geredet? Kommt es dir überhaupt so vor, als ob er die menschliche Sprache versteht?«

Khalid sah dem Kater neiderfüllt nach. »Es gibt einige Dinge, die Zauberkraft nicht ändern kann; nicht einmal die Zauberkraft des mächtigsten Dschinns der Welt, und der bin ich gewiß nicht.«

»Ich wünschte, du wärest es«, meinte Haroun. Es war ihm ernst.

»Ich höre«, erwiderte Khalid, »aber ich kann nicht gehorchen. Es ist nicht möglich.«

»Wieso nicht? Benutz doch einfach deine Zauberkraft ...«

»Hast du keine Ohren zu hören, o Meister? In dieser Welt gibt es überall Mauern. Wir lernen es, einige zu umgehen, zu erklettern oder einen Tunnel unter ihnen durch zu graben. Wir lernen es, einige niederzureißen. Durch einige können wir Türen bauen. Aber manche Dinge kann man nicht erzwingen, manche Dinge nicht ändern. Endlich finden wir die Mauer, die uns Einhalt gebietet, gleich ob wir sterblich sind oder Zauberwesen.«

»Sehr poetisch.« Haroun runzelte die Brauen. »Aber es erklärt immer noch nicht, warum du keinen Kater zum Reden bringen kannst.«

»Ich habe ihn in der Minute zum Reden gebracht, als du es gewünscht hast, o Meister«, erwiderte Khalid. »Was ich nicht vollbringen kann, ist, daß er mit *dir* reden will.«

»Was? Und warum nicht?«

»Weil er wie alle Katzen ein ausgezeichneter Menschenkenner ist, und durch die Beobachtung deines Verhaltens, seit du mich zu deinem Sklaven gemacht hast, ist er zu dem Schluß gekommen, daß du siebenmal schlimmer bist als der größte Esel, der ihm je begegnet ist, und dreimal dümmer als alle Idioten der Welt. O Meister«, setzte er noch hinzu und versuchte, nicht zu grinsen.

Harouns erzürnte Miene wurde noch finsterer. »Ich glaube es einfach nicht. Ich *weigere* mich, das zu glauben. Du benutzt meinen armen, unschuldigen Kater als Vorwand für die Aussetzer bei deinen Zaubereien. Die besten Dschinns können ihre Kräfte gebrauchen, um alles zuwege zu bringen! Ich weiß es; ich habe die alten Geschichten gelesen.«

»Ach ja? Ich kann mich nicht erinnern, daß du schon einmal ein Buch in die Hand genommen hättest, o Meister.«

»Ich war ... ich war zu beschäftigt.« Haroun rutschte unbehaglich hin und her. Die Wahrheit versetzt einem oft schmerzhaftere Stiche als ein Schwarm roter Ameisen. »Und außerdem geht dich das nichts an!« schlug er zurück.

»Nein? Und was geht mich dann etwas an, o Meister? Ich bin sicher, du wirst es mir sagen.«

»Ich warte immer noch auf diesen Pfirsich! Und diesmal in die *richtige* Hand.«

Khalid tat nichts. Er tat es auf eine Art, die Haroun rasend machen mußte.

»Nun?« fauchte der junge Mann. »Wo ist er? Ich *habe gesagt*, daß ich warte.«

»Ich warte auch.« Der Dschinn wußte inzwischen jede kleine Gelegenheit zu schätzen, seinem Meister eine Laus in den wohlgepolsterten Pelz seines Lebens zu setzen.

Haroun knirschte mit den Zähnen. »Also schön. Ich *wünschte*, ich hätte jetzt einen schönen, dicken, köstlichen, eßbaren Pfirsich von einem dieser Bäume in meiner *rechten* Hand.«

»Ich höre und gehorche.« Der Pfirsich erschien.

Haroun schnupperte daran. Unmittelbar nach einer dieser typischen Diskussionen zwischen Meister und Dschinn ging er immer besonders vorsichtig an Khalids Gaben heran. Zanken machte ihm Appetit, und einmal hatte er sich ein herrliches Abendessen aus gebratenen Wachteln gewünscht. Das Essen, das Khalid hervorgebracht hatte, war vollkommen gewesen, wie dieser Pfirsich. Es hatte sogar vollkommen *geduftet*. Haroun hatte einen der Vögel genommen und einen riesigen Bissen getan …

… nur leider von der vollkommensten hölzernen Wachtel, die er je gegessen hatte.

Es kam nicht darauf an, wie echt dieser Pfirsich roch; diese Lektion hatte Haroun durch die hölzerne Wachtel gelernt. Ganz vorsichtig setzte er die Zähne an seine Samthaut und nahm versuchsweise einen Bissen. Süßer Saft erfüllte seinen Mund.

»Wäre das alles, o Meister?«

»Mhmmm?« Haroun war so glücklich über den köstlichen Pfirsich, daß Khalid seine Frage wiederholen mußte. »O ja, ja, das ist für den Moment alles. Du darfst gehen.«

»Ahem.«

»Ich meine, ich *wünschte*, du würdest fortgehen …«

»Ich höre und …«

»… in irgendein Zimmer *in diesem Palast*, das dir gefällt!« Haroun zwinkerte ihm verschwörerisch zu. »So leicht kommst du mir nicht davon. Und ich werde dich nicht entwischen lassen, bis mir die Wünsche ausgehen oder ich beschließe, daß ich das Wünschen leid bin.«

»Bis du es leid bist?« Khalid stöhnte. »Warum bist du nicht einfach ehrlich und sagst *bis zum Ende aller Zeiten*?« Er zwinkerte sich nicht aus dem Garten der Fünf Tiger, sondern schlurfte demonstrativ in Richtung Palast davon.

Haroun schüttelte den Kopf. »Tss, tss. Wenn man ihn so hört, könnte man glauben, ich sei einer dieser Gierknochen. Natürlich wird mir das Wünschen eines Tages leid werden. Nur nicht gerade jetzt. Wirklich ...« – er reckte sich auf seinen Kissen und schaute selbstgerecht drein – »er sollte wissen, wie gut er es bei mir hat. Wenn ich ihn freiließe, würde er bloß einem anderen in die Hände fallen, und *der* wäre wahrscheinlich so gierig wie zwölf Geizhälse und ein Steuereintreiber zusammen. Ich tue ihm einen Gefallen, indem ich ihn hierbehalte, um mir zu dienen. Aber ist er mir dankbar? Nicht dankbarer als diese elende Katze.«

Während er sich immer noch den Pfirsichsaft von den Fingern leckte, fuhr Haroun fort, sich über die Undankbarkeit von Katzen und Dschinns zu ereifern. Er bemerkte nicht, daß Boabdil sich erhob, von der Statue des schlafenden Tigers herabsprang und in den Palast lief.

Hoch über dem Garten der Fünf Tiger saß der undankbare Kater auf einer Fensterbank und sprach zu dem gleichermaßen undankbaren Dschinn: »Pech gehabt.«

Khalid sank in einen Sessel neben dem Bogenfenster und schloß die Augen. »Ich hatte gehofft ...«

»… daß ich der Schlüssel zu deiner Freiheit sein würde?« Boabdil peitschte mit dem Schwanz. »Du erwartest zu viel. Ich bin bloß ein Kater.«

»Aber ich bin freundlich zu dir gewesen! In all den alten Geschichten ist es so, daß, wenn der Held freundlich zu einem Tier ist, dieses Tier immer einen Weg findet, es ihm zu vergelten, wenn er in Schwierigkeiten ist.«

»Ich glaube, du hast zu viele Stunden mit der Nase in den Büchern verbracht und nicht genug damit, dir die Welt anzusehen. Mein Mensch macht es genauso. Ich bin überrascht, daß ihr beiden euch nicht besser versteht; ihr habt viele Dummheiten gemeinsam.« Er schritt mit hocherhobenem Schwanz auf dem Fensterbrett auf und ab. »Geschichten beiseite, ich weiß wirklich nicht, wieso du von mir Tips erwartest, wie du aus dieser Klemme herauskommst.«

»Katzen sind weise.«

»Weise genug, um erst gar nicht in so einen Schlamassel zu geraten wie du. Daher haben wir keine Erfahrung damit, wie man wieder *herauskommt.*« Boabdil ließ sich auf dem sonnigsten Fleckchen des Simses nieder und schloß die Augen. »Ich werde jetzt ein Schläfchen machen. Verschwinde!«

Gebeugt von allem Elend dieser Welt stand Khalid auf und wandte sich zum Gehen. Einen Moment hielt er inne und schaute den Kater auf dem Fensterbrett neidvoll an. Ein voller Magen, ein sauberes Fell und eine andere lebende Seele, die ihn gern hatte: das war Glück. Dazu brauchte es keine Paläste und Akrobaten, goldenen Teller oder juwelenbesetzten Kelche. Essen, Behaglichkeit, Liebe: Warum konnte Haroun diese einfache Lektion nicht begreifen und zufrieden sein?

»Das wird er niemals«, sagte Khalid leise zu sich

selbst. »Er wird sich weiter den Kopf und mit das Kreuz zerbrechen und versuchen, auf den vollkommenen Wunsch zu kommen, der ihm das Glück bringt. Wir werden zusammen alt werden, bis er stirbt, immer noch mit zehntausendmal zehntausend ungenutzten Wünschen. Und während dieser ganzen Zeit werden meine Klassenkameraden Hunderten von Meistern gedient haben. Sie werden lernen, sie werden wachsen, sie werden die geachteten Ältesten unseres Volkes werden, sie werden eine neue Generation von Dschinns lehren!«

Tränen ließen seinen Blick verschwimmen. In einer Vision sah er seinen alten, geliebten Klassenraum voll fremder, junger Gesichter. Er sah, wie er selbst eintrat – verbraucht und müde kam er nach wer weiß wie vielen Jahren der Sterblichen, um Meister Ismael zu melden, daß er *endlich* seine erste Mission erfüllt hatte.

Meister Ismael war nicht dort. Gamal hatte den Platz seines Lehrers eingenommen. Der andere Dschinn verzog verächtlich die Lippen, als er Khalid allein in der Tür stehen sah. *Wie? Hast du vergessen, wie man materialisiert? Und dabei konntest du das früher so gut, Khalid!* Jedes Wort war wie ein Dolchstoß.

Aber das war noch nicht das schlimmste. Sie war auch da: Tamar. Sie saß auf ihrem vertrauten Teppich und sah genauso schön aus wie das letzte Mal, als er sie gesehen hatte. Er versuchte, ihren Blick auf sich zu lenken. Sie sah ihn, aber so wie sie eine Wand, eine Tür oder einen Tisch ansehen würde; sie erkannte ihn nicht.

Dann bemerkte er, daß sie ebenfalls vor der Klasse schwebte, auf ihrem Teppich neben dem von Gamal. Gamal streckte den Arm aus und nahm ihre Hand. *Zu spät, Khalid*, sagte er hämisch. *Schade, wirklich.*

Khalid sah sich selbst, wie er durch den Mittelgang hastete und die Teppiche rechts und links zur Seite schob. *Tamar! Tamar!* Wieder und wieder rief er ihren Namen; doch sie hörte ihn nicht. *Tamar!* Jetzt schrie er laut. *Tamar! Du mußt mich hören! Tamar!*

»Tamar!«

Khalid stand am Fenster, ohne zu wissen, wie er dort hingekommen war, und beugte sich hinaus über die Straße. Seine Fingernägel gruben sich in den weichen rosafarbenen Außenputz der Palastmauer.

»He! Paß doch auf!« Boabdil sprang mit gesträubtem Fell auf und brachte sich mit einem Sprung im Zimmer in Sicherheit. »Du hast mich beinahe über Bord geschubst«, sagte er anklagend.

Khalid ignorierte ihn. In der Straße unter ihm war ein Gesicht dem Palast zugewandt, genau seinem Fenster. Es war ein Antlitz, das Khalid teuer war – zu spät hatte er erkannt, wie teuer –, ein zuerst verwirrtes, dann erstauntes Antlitz, das schließlich in dem wunderbarsten aller Lächeln erstrahlte. Sie war in das einfache Gewand einer gewöhnlichen Sterblichen gekleidet, mit einem Einkaufskorb am Arm. Er war schon halb gefüllt mit verschiedenen Früchten von einem Marktstand.

»Tamar!«

»Zehntausend Teufel sollen sich deiner Zunge bemächtigen, du schamloser Rüpel!« schrie der Händler und drohte Khalid mit der Faust. »Ich werde nicht zulassen, daß du meine Kundinnen belästigst! Dies ist eine ehrbare Frau – auch wenn sie mir gerade das Fell über die Ohren zieht. Wie kannst du es wagen, hinter ihr herzuschreien?«

Tamar kicherte. »Guter Kaufmann«, sagte sie, »es ist schon in Ordnung. Er ist ein alter Freund von mir.«

Sie legte den Kopf zur Seite, winkte und rief zurück: »Khalid!«

Der Kaufmann war entsetzt. »Was für ein Benehmen! Es ist skandalös, wirklich skandalös für eine Frau, sich so zu betragen. Wenn Euch Euer Ruf gleichgültig ist, dann denkt wenigstens an meinen! Verschwindet! Verschwindet, bevor ich Euretwegen meine ganze Kundschaft verliere!«

Tamar wurde plötzlich ernst. »Ist es das, was Ihr Euch wünscht, Kaufmann?« fragte sie.

Er verschränkte die Arme. »Das ist es.«

»Ist es das, was Ihr wollt?«

»Ja.«

»Aber ist das ... ist das wirklich Euer *Wunsch*?«

»Ja, wirklich, und wahrhaftig!«

Sie legte die Handflächen aneinander. »Ich höre und gehorche.« Sie verschwand, und er blieb zurück und glotzte auf den Punkt auf der Straße, wo sie gewesen war, und den Einkaufskorb voller Goldstücke, den sie ihm hinterlassen hatte.

5

Tamar zog die Knie an die Brust und kicherte. »Jetzt schau dir diesen armen Mann an, Khalid«, flüsterte sie und spähte vorsichtig aus dem Fenster. »Sieh ihn dir an, aber laß ihn nicht merken, daß du hinschaust. Hast du jemals so eine Miene gesehen? Das Unglück steht ihm überdeutlich ins Gesicht geschrieben. Jetzt ist ihm klargeworden, daß die schamlose Frau, über die er so wütend war, in Wirklichkeit eine schamlose Dschinnie war. Eine Dschinnie, die ihm aus der Güte ihres Herzens einen einzigen Wunsch gewährt hat, und den hat er darauf verschwendet, sie wegzuwünschen! Aber schau. Jetzt zählt er die Münzen in dem Korb, den ich ihm dagelassen habe und weiß, daß er trotz seines vergeudeten Wunsches ganz gut weggekommen ist. Er beginnt zu lächeln. Nein, nein! Jetzt fällt ihm sein vertaner Wunsch wieder ein, und er macht wieder ein langes Gesicht. Ach, sind die Sterblichen nicht wirklich lustig?«

»Zum Totlachen.« Khalid tat sein Bestes, um Tamars Spaß nachzuempfinden, aber im Grunde seines Herzens hatte er Mitgefühl mit dem düpierten Kaufmann. Er wußte, wie weh es tat, beim Zaubern am falschen Ende der Angelschnur zu zappeln.

Von ihrem bequemen Aussichtspunkt sah Tamar dem Kaufmann weiter heimlich zu. Das Fenster, das sie sich ausgesucht hatte, um ihre Neugier zu befriedigen, hatte ein breites Sims, das gut gepolstert war und einen gemütlichen Sitzplatz abgab. »Was meinst du, wird er sich jemals schlüssig werden, ob er glücklich oder traurig sein soll?«

»Ich vermute, er wird sich entweder in die eine oder

die andere Richtung entscheiden, oder er wird sich den Hals brechen, weil er gleichzeitig Freudensprünge macht und versucht, sich selbst in den Hintern zu treten.« Khalid, der mit gekreuzten Beinen mitten in der Luft saß, vollführte eine ungeduldige Handbewegung, und ein Tablett mit Erfrischungen materialisierte vor ihm. Noch einmal schnippte er mit den Fingern, und die Teekanne aus Messing erhob sich von selbst, um dampfend heißen Minztee in ein Paar henkellose, lederüberzogene Becher zu gießen.

Der seltsame Ton in Khalids Stimme ließ Tamar mit einemmal das Interesse an ihrem Kaufmann verlieren. Besorgt fragte sie: »Ist alles in Ordnung mit dir, Khalid?«

»Oh, mir geht's prima.« Er wackelte mit einem Finger, und der kleine Silberteller mit dem Honig neigte sich und entließ einen dünnen, goldenen Strahl in ihre beiden Tassen. Der Tee rührte sich selbst ohne Löffel um und ließ einen dicken Schwall regenbogenfarbener Blasen an die Oberfläche der Tassen steigen. Khalid ließ eine zu ihr hinüberschweben. »Und dir?«

»Ich kann nicht klagen.« Sie nahm ihre Tasse und nippte daran. »Ich habe mir endlich eine eigene Lampe verdient, und ich kann nicht leugnen, daß ich froh darüber bin. Weißt du, wie beengt man sich in einem dieser Zauberringe fühlen kann? Das war mein erster Auftrag: ein Ring. Von dort aus habe ich mich zu einem verwunschenen Armband hochgearbeitet, dann zu einem smaragdbesetzten Gürtel und weiter zu einer Messingflasche, und als ich schon alle Hoffnung aufgegeben hatte, meinte der Ältestenrat, ich sei bereit für die große Aufgabe. Endlich! Es ist eine sehr hübsche Lampe.« Ein koketter Ton erschien in ihrer Stimme. »Vielleicht kommst du einmal vorbei und schaust sie dir an?«

Khalid hatte einen Kloß im Hals. Die Freude, die er zuerst über das Wiedersehen mit Tamar empfunden hatte, war verflogen. Ihre Anwesenheit vergrößerte nur seinen Schmerz.

Sieh sie dir an, dachte er. Hör sie dir an, wie sie fröhlich zwitschernd von all ihren vielen Aufträgen erzählt, all den Sterblichen, denen sie gedient hat. Sie hat nicht die geringste Ahnung von dem furchtbaren Schlamassel, in das ich mich hineingeritten habe. Sie weiß nicht, daß sie einen Gefangenen besucht.

Von ganzem Herzen sehnte er sich danach, Tamars Hand zu nehmen, mit ihr aus dem Fenster zu springen und mit ihr davonzufliegen, wohin auch immer sie wollte – sogar zu ihrer hübschen kleinen Lampe, von der sie so stolz sprach! Er wußte, er konnte es nicht; vielleicht würde es ihm niemals möglich sein.

Sie darf es nicht erfahren, dachte er bestimmt. *Sie würde mich nicht auslachen – Tamar nicht – aber ich würde ihr leidtun. Ich will kein Mitleid von ihr. Besser, ich schicke sie in dem Glauben weg, ich sei immer noch der egoistische Snob, der ich in der Schule immer gewesen bin. Sie soll mich lieber als Angeber im Gedächtnis behalten denn als Dummkopf.*

Mit voller Absicht gähnte er Tamar ins Gesicht. »Vielleicht lasse ich mich mal eines Tages in deinem Lämpchen sehen. Wenn ich nichts Besseres zu tun habe. Ich bin ein sehr beschäftigter Dschinn.«

»Ich weiß.«

Alarmiert schossen seine Brauen in die Höhe.

»Ich meine«, fuhr sie fort, »das haben wir zu Hause alle gedacht, als du nicht zur Schulabschlußfeier gekommen bist. Wir waren alle so stolz auf dich!«

Khalid atmete auf. Erleichtert, wie er war, konnte er nicht anders, als scherzhaft zu fragen: »Wirklich alle?«

Tamar zog die hübschen Schultern hoch. »Ich beherrsche die siebenhundertsiebenundsiebzig großen Zaubersprüche, aber bei Gamal erwarte selbst ich keine Wunder.« Ein angewiderter Ausdruck huschte über ihr Gesicht. »Als ich noch in diesem Zauberring saß, hatte er die Nerven, hereinzuplatzen und mir vorzuschlagen, wir sollten heiraten und zusammen darin leben. Was für eine Idee! Dabei war es nicht einmal ein Verlobungsring.«

Khalid tat sein Möglichstes, um dem, was Tamar da erzählte, anscheinend unbeeindruckt zuzuhören, aber ihm wurde eiskalt bei dem Gedanken, Gamal irgendwo in Tamars Nähe zu wissen. »Meister Ismael hat ihn doch bestimmt zurechtgestaucht, als du ihm von dem Vorfall erzählt hast«, sagte er langsam.

»Meister Ismael ist fort.«

Es war sinnlos, Desinteresse vorzutäuschen. Dafür reichten Khalids schauspielerische Fähigkeiten nicht aus. »Fort? Wie denn, fort? Wohin?«

»Das weiß niemand.« Tamars Augen schimmerten tränenfeucht. »Es war kurz, nachdem du uns verlassen hattest. Der Ältestenrat rief ihn, und er ist niemals zurückgekehrt. Am Tag darauf bekamen wir einen neuen Lehrer, eine alte Vogelscheuche mit einem Mundgeruch wie ein toter Ziegenbock und nicht mehr Verstand als ein Tonkrug. Er selbst hielt sich allerdings für einen Fixstern am Himmel der Zauberkunst, und Gamal war stets zur Stelle, um ihm beizupflichten. Ich wußte ja immer schon, daß Gamal ein Rabauke war, aber ich hätte mir nie träumen lassen, daß er auch so ein aalglatter Schleimer sein könnte.« Ihre Miene wurde grimmig. »Schmeichelei zahlt sich aus. Unser edler Lehrer hat dafür gesorgt, daß Gamal sogleich eine Lampe zugewiesen wurde. Sein Lieblingsstreber und ein Ring oder ein Armband oder eine Messingflasche, wo denkst du hin!«

»Wenn er eine eigene Lampe hat, wird er dich wenigstens nicht weiter belästigen«, meinte Khalid und versuchte, es beiläufig klingen zu lassen.

»Das glaubst du doch wohl selbst nicht!« Tamars funkelnde Augen verdunkelten sich. »Ha! Gamal ist schwerer loszuwerden als die Flöhe eines Bettlers. Er schummelt, hast du das gewußt? Die Sterblichen sind immer für einen Scherz gut, aber es muß doch alles Spaß bleiben. Er aber behandelt seine Menschen so grausam, wie er kann, ohne beim Ältestenrat unangenehm aufzufallen.«

»Woher weißt du das?«

»Er gibt damit an!« Tamar nahm kleine, wütende Schlucke aus ihrer Tasse. »Jedesmal, wenn er mit einem Meister fertig ist, hat er nichts Eiligeres zu tun als mich aufzusuchen und sich damit zu brüsten, wie übel er den armen, idiotischen Sterblichen hereingelegt hat. O Khalid, dabei ist es doch der Sinn unseres Lebens, unsere Zauberkräfte mit den Sterblichen zu teilen. Je mehr sterblichen Meistern wir dienen, desto größer werden unsere Zauberkräfte!«

»Übung macht den Meister, wie Meister Ismael zu sagen pflegte«, zitierte Khalid bedrückt. Seine Teetasse hielt er unberührt in der Hand. »Und je mehr wir geben, desto mehr empfangen wir.«

Die alten Lektionen lagen ihm schwer auf dem Herzen. Im Dienste nur eines Meisters hatte er an Erfahrung gewonnen, aber nicht an Fähigkeiten. Mit der Zauberkraft eines Dschinns verhielt es sich so wie mit dem niemals leer werdenden Weinkrug in dem alten Märchen: je mehr man daraus ausschenkte, desto mehr Wein floß in ihn zurück. Wenn der Krug jedoch ungenutzt in der Ecke stand, ließen die Sonne und die Luft den Wein verdunsten, bis eines Tages der selbstsüchtige Besitzer kam und ihn ein für allemal leer vorfand.

»Aber genau das ist es ja, Khalid; Gamal gibt nicht. Nicht wirklich. Er findet immer einen Kniff, den Wunsch seines Meisters so zu erfüllen, daß das Ergebnis unerträglich ist. Wenn ein Mann um Reichtum bittet, so bekommt er Geldstücke aus Stein von der Größe eines Mühlsteins. Sie sind schon ein Vermögen wert, aber auf einer Insel am anderen Ende der Welt! Wenn eine Frau sich wünscht, so schön zu sein, daß alle Männer sie bewundern, dann verwandelt Gamal sie – in das schnellste, geschmeidigste aller Rennpferde!«

»Raffiniert«, sagte Khalid und tat, als sei er schokkiert. Tatsächlich bemühte er sich, sich alles zu merken, um Gamals Methoden auf Fürst Haroun anzuwenden.

Dann sagte Tamar: »Du bist so lange fortgewesen, du mußt so vielen Meistern gedient habe, aber ich bin ganz sicher, daß du dich nicht ein einziges Mal so schändlich benommen hast wie Gamal.«

Khalids finstere Gedanken zerplatzten wie eine Seifenblase. Schuldbewußt spürte er, wie seine Wangen erglühten. »Natürlich nicht«, murmelte er. »Niemals.«

»Ach, vergessen wir doch Gamal!« Tamar winkte mit einer graziösen Handbewegung die Teekanne herüber, damit diese ihre Tasse nachfüllte. Auf ein weiteres Zeichen ihrer schlanken Finger schwebte ein Mandelkuchen vom Teller in ihre wartende Hand. »Ich brenne darauf, etwas über dein Leben zu hören, Khalid! Was für Abenteuer du inzwischen erlebt haben mußt! Wieviel verschiedenen menschlichen Meistern du gedient haben mußt! Waren darunter auch Könige und Prinzen? Bist du jemals einem armen Bettlerjungen erschienen und hast ihn zu einem großen Fürsten gemacht und ihm eine wunderschöne Prinzessin zur Frau gegeben? Bist zu schon einmal einem sterblichen Dichter begegnet, oder hast du einem Geschichtenerzähler neue Geschichten erzählt?«

Khalid zwang sich zu lachen, obwohl es nicht von Herzen kam. »Warum fragst du mich nicht, ob ich jemals einer wunderschönen Prinzessin gedient habe?«

Tamar fand diese Vorstellung überhaupt nicht komisch. Sie preßte ihre süßen Lippen so fest zusammen wie einen Schnappverschluß. »Also wirklich, Khalid, sogar ich weiß, daß wunderschöne Prinzessinnen in den Palästen ihrer Väter eingesperrt werden. Wie sollte eine von ihnen jemals eine schmutzige alte Lampe in die Hände bekommen?«

»Nun, ein Bettlermädchen hätte ja meine Lampe auf der Straße finden können, und sie hätte sich vielleicht gewünscht, eine wunderschöne Prinzessin zu werden.« So langsam machte Khalid das Ganze Spaß.

Tamar nicht. »Dann wäre sie eine dumme Gans gewesen! Wer würde sich so ein Leben wünschen, den ganzen Tag eingesperrt, selbst wenn man in einem Palast eingesperrt ist?«

»Dann hätte sie sich vielleicht gewünscht, daß ich bleibe und ihr Gesellschaft leiste«, schlug Khalid vor. Sein leises, zärtlich-spöttisches Lächeln war jetzt echt.

»Ohhhh!« Mit einem ungeduldigen Ausruf sprang Tamar auf die Füße und wischte sich die Kuchenkrümel von den Gewändern. »Du bist der unverschämteste Dschinn, der mir je begegnet ist! Als nächstes wirst du die alten Sprüche loslassen, die Schönheit sterblicher Frauen sei so viel wunderbarer als die von Dschinn-Mädchen, weil man weiß, daß sie eines Tages vergehen muß. Nun? Warum sprichst du es nicht aus?«

Er sah sie an, wie sie herausfordernd dastand, mit blitzenden Augen und erhobenem Kinn, und ihm tat das Herz weh. Er konnte sie nicht länger zum besten halten. Statt dessen erhob er sich von seinem unsichtbaren Sitzplatz und nahm ihre Hände. »Ich kann es nicht aussprechen«, sagte er.

»Warum nicht?«

»Weil das eine Lüge zuviel wäre.«

Er hätte noch mehr gesagt, aber in diesem Augenblick erscholl im Flur ein fürchterlicher Lärm. Der Kater Boabdil kam ins Zimmer gesprungen, jedes Haar seines Rückenfells aufgestellt, den Schwanz gesträubt wie einen Staubwedel. »Mach dich auf etwas gefaßt«, kündigte er an. »Hier kommt er und hat mal wieder eine Meise unterm Turban – ach was, einen ganzen Schwarm!« Einen Moment später folgte ihm Haroun.

Khalids Meister bot einen bemerkenswerten Anblick. Seine prächtigen Seidengewänder waren an etlichen Stellen zerrissen, und er war von Kopf bis Fuß mit weißem Gipsstaub, grau-grünen Schimmelflekken und quadratmetergroßen Spinnweben überzogen. Bei jedem Schritt, den er tat, hustete er heftig. Bei seinem Anblick verschleierte sich Tamar und zog sich in die dunkelste Ecke der gepolsterten Fensternische zurück.

In seinen Händen hielt Haroun ein riesenhaftes Buch. Es war so groß, daß seine Knie unter dem Gewicht nachgaben. Es war so breit wie die Lehne von des Königs zweitbestem Thron und so dick wie das Sitzkissen desselben königlichen Möbelstücks. Gebunden war es in feines, rotgegerbtes altes Leder und beschlagen mit einem Rücken, Ecken und einem schweren Riegel aus Eisen. An den Beschlägen hafteten noch ein paar glitzernde Goldflöckchen und zeigten, daß das schwere Metall einst reich vergoldet gewesen war.

»Khalid!« schrie Haroun und wand sich unbehaglich, während er versuchte, sich den Staub von den Schultern zu wischen. »Khalid, ich habe es gefunden! Ich habe entdeckt, was ich auf der Welt am meisten begehre!« Er hustete noch einige Male und nieste siebenmal hintereinander. »Khalid, ich ... ach, Mist. Ich wünschte, ich könnte klar sehen.«

»Ich höre und gehorche.«

Die Staub- und Schmutzschicht fiel von Harouns Körper ab wie ein weißes Tuch und wehte aus dem Fenster.

»Schon besser. Jetzt wünschte ich, du würdest mir einen Tisch bringen, damit ich dieses Ding ablegen kann.« Das Buch lastete so schwer auf Haroun, daß er Tamar zunächst nicht bemerkte.

»Ich höre und gehorche«, wiederholte Khalid mit ausdrucksloser Stimme. Ein passender Tisch erschien. Er hielt den Blick darauf geheftet, obwohl es ein normaler Tisch war wie tausend andere. Er wollte Tamar nicht ansehen. Er wußte, sie konnte bis drei zählen, und jeden Augenblick ...

»So ist es besser.« Haroun ließ das Buch mit einem lauten Plumps fallen. Er räusperte sich noch ein paarmal, bevor er sagte: »Dieser Staub ist fürchterlich. Ich wünschte, ich hätte einen schönen, kühlen Granatapfelsaft.«

»In welcher Hand, o Meister?« versuchte Khalid erfolglos Zeit zu schinden.

»Ach, wohin du willst, mir ist es egal! Und wenn du diese dummen kleinen Spielchen sein läßt, meine Wünsche buchstabengenau zu erfüllen, dann verspreche ich dir, nicht wie ein verwöhntes Kind darüber zu zanken, in welcher meiner Hände du die Dinge erscheinen läßt. Dies hier ...« – er schlug auf das Buch, so daß neue Staubwolken aufstiegen – »hat mich erkennen lassen, was wirklich wichtig für mein Glück ist; es ist total unwichtig, ob mir ein Pfirsich in die eine oder in die andere Hand fällt. Nun Khalid, worauf wartest du? Ich sagte doch, ich wünschte ...«

»Ich höre« – obwohl Khalid sie nicht ansah, wußte er, daß hinter seinem Rücken Tamars Augen vor Entsetzen und Erkennen immer größer wurden – »und gehorche.«

Ein silberner Kelch mit eiskaltem Granatapfelsaft erschien in Harouns Hand. Sein süßsäuerlicher Duft war so verführerisch, daß der vor Durst ausgedörrte junge Mann sich voll Vorfreude die Lippen leckte. Gerade, als er den Kelch zum Mund hob, schrie Tamar:

»Im Namen von zehntausend Dämonen, was ist das denn für ein verrückter Sterblicher?« Ihr Aufschrei erschreckte Haroun zutiefst. Der Saft spritzte in alle Richtungen. »Drei Wünsche!« ereiferte sich das Dschinn-Mädchen weiter. »Drei Wünsche verschleudert auf die allertrivialsten Bedürfnisse – um etwas Staub abzuwischen, einen Tisch zu holen und ihm etwas zu trinken zu bringen – und dennoch steht er da, trinkt Granatapfelsaft, als wäre die Zauberei ihm so vertraut wie ein alter Putzlappen. O mein armer Khalid« – sie kam zu ihm gerannt und warf die Arme um seinen Hals – »wie schrecklich für dich, einem Verrückten zu dienen! Wie glücklich mußt du sein, daß es wenigstens schnell vorübergegangen ist. Komm jetzt mit mir, und wir wollen sehen, ob wir diesmal deine Lampe einem Meister vor die Füße stellen, der seinen Verstand beisammen hat.«

Khalid blieb, wo er war, den Blick auf den Boden geheftet. Tamar hätte ebensogut einen Laternenpfahl umarmen können. Haroun ereiferte sich immer noch; von seinem Gesicht und seinem Gewand tropfte der scharlachrote Saft. »Ich wünschte …«, begann Haroun. »Ich wünschte – und das ist nur eine Redewendung – du würdest mich um Erlaubnis bitten, bevor du Besuch empfängst, Khalid. Und ich wünschte wirklich, ich wäre trocken und hättte frische Kleider an.«

Diesmal klang Khalids »ich höre und gehorche«, als schäme er sich dafür. So schnell, wie eine Motte mit dem Flügel schlägt, war Haroun von Kopf bis Fuß in brandneue, prächtige weiße Seidengewänder gekleidet, abgesetzt mit Gold und Türkis. Sein Gesicht war ebenfalls trocken, und jetzt, wo er keinen Granatapfelsaft mehr in den Augen hatte, konnte er Tamar zum erstenmal richtig sehen.

Er vergaß den Granatapfelsaft. Er vergaß das Buch. Sein Lächeln wurde immer breiter, bis er sich mit den Mundwinkeln die Ohrläppchen hätte abkneifen können.

»Nanu, nanu, nanu. Wenn Khalid sich solche Gäste einlädt, dann vergeßt, was ich eben über Besucher gesagt habe.« Er schenkte ihr seine eleganteste Verbeugung. »Ich bin Fürst Haroun ben Hasan, zu Euren Diensten, Schöne. In welchem Zaubergarten wachsen so schöne Blumen wie Ihr?«

Tamar lächelte nicht. »Vier«, sagte sie.

Haroun neigte den Kopf zur Seite. »Wie meint Ihr?«

»Das sind vier Wünsche gewesen. Ich kann schließlich zählen. Und Khalid hat sie alle erfüllt.«

»Natürlich, warum nicht? Dazu ist er ein Dschinn. Dschinns tun jeden Tag solche Dinge. Meine Liebe, habt Ihr keine der alten Geschichten gehört?«

»Ja, aber vier Wünsche ...!« Tamar beharrte darauf, daß Haroun verstand, wie unschicklich das alles war.

»Eher vierhundert«, bemerkte Khalid mit einer Stimme, die so fröhlich klang wie der Boden eines ausgetrockneten Brunnens. »Oder viertausend. Nicht, daß es darauf ankäme.«

Tamar blickte durchdringend von Haroun zu Khalid und wieder zurück. Sie hatte die Stirn nachdenklich gerunzelt. »Entweder bist zu verrrückt«, sagte sie und zeigte auf Haroun, »oder du hast den Verstand verloren« – diesmal deutete sie auf Khalid – »oder ich habe zu hart gearbeitet und brauchte Urlaub.«

»Gute Idee«, meinte Khalid. »Dann geh doch jetzt.«

»Das kommt gar nicht in Frage!« Haroun vergeudetete weiter sein charmantestes Lächeln an das Dschinn-Mädchen. »Meine Rose, du bist die Erfüllung genau des Wunsches, den ich gerade äußern wollte. Sieh nur.«

Sanft zog er sie von Khalid fort und hinüber zu dem Tisch, wo das dicke Buch lag. Vorsichtig, wegen des Staubs, schlug er es auf einer Seite auf, die mit einem Stück breiten scharlachroten Bandes gekennzeichnet war. »Bis dein Freund Khalid und ich – ähem – ins Geschäft gekommen sind, war alles, was ich noch auf der Welt besaß, eine Truhe mit den liebsten Besitztümern meines Vaters.«

»Dann bist du wohl ein Bettler gewesen?« fragte Tamar.

»Nein, aber ich war nicht weit davon entfernt. Oh, was für ein Glückstag das für mich war, als ich Khalids Lampe gefunden habe! Meine Güte, es kommt mir vor, als sei es gestern gewesen.«

»Und war es das nicht?«

Haroun lachte. »Wenn ›gestern‹ beinahe ein Jahr her ist, dann ja. Dieses Buch jedoch habe ich nicht von deinem Freund Khalid. Es hat meinem Vater gehört, und ich habe es erst jetzt entdeckt, auf dem Boden der Truhe, von der ich gesprochen habe. Weißt du, mir war so langweilig. Es ist nicht einfach zu entscheiden, was man sich als nächstes wünschen soll. Zuerst dachte ich, ich sollte ihn bitten, mich zum Obersten Herrscher der Welt zu machen, aber dann ist mir eingefallen, daß wir das zu meinem Geburtstag probiert hatten und es mir nicht gefallen hat. Während ich so durch den Palast gewandert bin und versucht habe, mir einen Wunsch einfallen zu lassen, bin ich über die Truhe meines Vaters gestolpert. Vielleicht, dachte ich, würde ich darin etwas finden, das mich inspiriert, und so habe ich sie geöffnet, dieses Buch gefunden, und jetzt werden all meine Probleme bald für immer gelöst sein! Ach, wenn dieser Wunsch sich als so gut erweist, wie ich hoffe, könnte das sogar bedeuten, daß ich Khalid nicht mehr brauche.«

»Aber nach drei Wünschen darf er doch auch gar nicht mehr …«

Haroun hörte sie nicht. Er ließ den Finger über die uralten Worte auf der Seite gleiten, die er markiert hatte. »Da steht es! Kannst du lesen? Es ist wirklich so einfach. Da hetze ich dem Glück in einem Dutzend Gestalten hinterher, und der Schlüssel dazu liegt in einem einzigen Satz.«

Tamar beugte sich vor, um die Worte zu lesen, auf

die Harouns Finger zeigten. Khalid blieb, wo er war, niedergeschlagen und anscheinend von beiden vergessen. » … ›denn der Garten der Freude steht dem Mann offen, der das Tor findet, und ein weiser Mann weiß, daß das Tor sich öffnet, wenn die Liebe daran pocht.‹« Sie blickte zu Haroun auf, und plötzlich war ihr klar, warum er sie mit so einem breiten Grinsen musterte.

»Ja«, sagte er und ergriff ihre Hände. »Das Pochen der Liebe: für immer von einer angemessen schönen Ehefrau angebetet zu werden. Das würde mich glücklich machen, also werde ich es mir wünschen.«

»Von einer Prinzessin, nehme ich an«, versetzte Tamar.

»Hmmmm? Nein, nein. Ich wollte mir schon eine Prinzession wünschen, aber vielleicht spielt Khalid mir einen Streich und bringt mir eine häßliche. Es ist leichter, wenn ich mir von ihm wünsche, daß er dich in eine Prinzessin verwandelt, sobald wir verheiratet sind.«

Tamar versuchte nicht, ihm ihre Hände zu entziehen, noch nicht. »Glaubst du nicht, daß du mich zuerst fragen solltest, bevor du dir mich zur Prinzessin wünschst?«

»Was denn? Ach so, du meinst, daß du vielleicht keine Prinzessin werden willst? Tja, wenn du darauf bestehst, könnte ich damit leben. Ich könnte dir sogar drei von meinen Wünschen zur Hochzeit schenken. Wäre das nicht nett?«

»Wunderbar.« Tamars Blick war hart und kalt wie Marmor. Khalid kannte ihr Temperament noch von der Schule her, und ihm gefiel der Klang ihrer Stimme nicht, der ein heranziehendes Gewitter verriet.

Er eilte zu ihr und legte ihr die Hände auf die Schultern. »Tamar, was immer du mit ihm vorhast, tu es nicht! Er ist mein Meister! Solange er den Streit nicht anfängt, muß ich ihn gegen jeden Angriff mit Zauberkraft beschützen, bis er die Wünsche aufgebraucht hat, die er noch bei mir gut hat. Bitte, ich will nicht gegen dich kämpfen.«

Als Tamar ihr Gesicht Khalid zuwandte, wirkte es so glatt und weiß wie eine Eierschale, aber ihr Anblick rief in ihm den Eindruck hervor, als würde dieses Ei jede Minute aufbrechen und einen feuerspeienden Drachen entlassen. »Ich kann warten«, sagte sie. »Ich bin ganz und gar bereit zu warten, bis er alle Wünsche aufgebraucht hat, die du ihm schuldig bist. Und weißt du auch, warum ich bereit bin zu warten? Ich werde es tun, weil es in diesem Augenblick nichts in dieser Welt oder der Unterwelt gibt, wonach ich mich halb so sehr sehne wie danach, diesem Komiker einen ordentlichen, festen, gesunden Tritt zu versetzen, so daß er bis zum Mond fliegt!«

Khalid erbleichte. Unterdessen versuchte Haroun, Tamars Aufmerksamkeit wieder auf sich zu lenken. »Meine Perle«, sagte er, »ich glaube, ich muß mir doch wünschen, daß du eine Prinzessin wirst. Prinzessinnen reden niemals so über ihre Ehegatten. Khalid, hör gut zu: Ich wünsche mir, sogleich mit diesem Mädchen vermählt zu sein!«

»Ich höre ...«

6

»Also, ich sehe nicht ein, wieso du so eingeschnappt darüber bist.«

Tamar lag auf dem Bauch auf einem kleinen, aber eleganten fliegenden Teppich, blau und rot gemustert mit silbernen Fransen. Zum Glück waren die Decken in Harouns Palast so hoch, daß sie gut und gerne drei Meter über seinem Kopf schweben konnte. Nach seinem Gesichtsausdruck zu urteilen, hätte er am liebsten jeden Augenblick angefangen, mit Gegenständen nach ihr zu werfen.

»Das ist unfair!« schrie er. »Du bist auch eine Dschinnie!«

»Was ist daran unfair?« wollte Tamar wissen. »Es ist ein komischer Job, aber irgend jemand muß ihn schließlich tun.« Sie ließ eine Schale mit Salzmandeln erscheinen und warf sie eine nach der anderen Haroun an den Kopf.

Schnell ließ Khalid einen Sonnenschirm über seinem wütenden Meister materialisieren. Die fallenden Mandeln erzeugten ein sanftes Plitsch-Platsch, wie Regen. Der Kater Boabdil kam herein, um nachzusehen, worum das ganze Geschrei ging. Er schlug mit den Pfoten nach den Nüssen.

»Tamar, bitte ...« Khalids Blick flehte sie an, sie möge aufhören, den jungen Sterblichen zu verspotten.

»Nein, das werde ich nicht!« antwortete sie auf seine unausgesprochene Bitte. »Ich finde, er hat sich gräßlich benommen, indem er dich so behandelt, und er hat jeden kleinen Verdruß verdient, den ich ihm bereiten kann. Du bist eine Schande für alle Sterbli-

chen, Haroun! Schämen solltest du dich. Du brauchst nicht so gierig zu sein. Die meisten Leute sind mehr als glücklich, wenn man ihnen drei Wünsche erfüllt, ja sogar über einen! Ich gebe zu, Khalid hat einen Fehler gemacht, aber warum konntest du nicht einfach fünfzig Wünsche nehmen – oder hundert, wenn es denn hat sein müssen – und ihn gehen lassen?« Kleine Blitze flackerten in ihren Augen. »Du bist schlimmer als Gamal!«

Sie ließ einen Bienenstock vom Dach herabwachsen und füllte ihn mit wütenden Bienen, dann verwandelte sie die fallenden Mandeln in Honigtropfen.

»Tamar, so übel ist er auch wieder nicht«, protestierte Khalid. Er rief einen Sturm, der Bienen, Bienenstock, Honig und alles aus dem Fenster und über die Dächer der Stadt pustete.

»Du kannst nichts anderes sagen. Er ist dein Meister.«

»Ja, aber trotzdem stimmt es.«

Sie war noch nicht zufrieden. »Beweise es!«

»Das kann ich nicht.« Khalid sah zu Boden. »Ich spüre es einfach.«

»Wenn er so wundervoll ist, warum läßt er dich nicht frei?«

Khalid öffnete den Mund zum Sprechen und schloß ihn wieder, als ihm keine Antwort einfiel.

Tamar verschränkte die Arme. »Das habe ich mir gedacht.«

»Das ist aber auch nicht fair«, widersprach Haroun. »Ich werde Khalid freilassen ... eines Tages.«

»Wann?« hakte Tamar nach.

Haroun sah aus wie ein kleiner Junge, den man mit der Hand im Honigtopf erwischt hat. »Das habe ich doch gesagt. Eines Tages. An dem Tag ...« – er dachte lange darüber nach – »... an dem ich vollkommen glücklich bin.«

Mit einem lauten Aufstöhnen ließ Tamar sich auf ihrem Teppich auf den Rücken rollen. »Bei allen Mächten! Habe ich richtig gehört? Ach, armer Khalid, wenn alles, was dein sterblicher Meister will, nicht einfach Glück ist, sondern das vollkommene Glück, dann bist du auf ewig verdammt.« Sie drehte sich wieder um und durchbohrte Haroun mit einem finsteren Blick. »Aber wenn du auf ewig verdammt bist, dann werde ich dafür sorgen, daß du nicht der einzige bist.«

Haroun befeuchtete nervös seine Lippen. »Redet sie von mir?« fragte er seinen Dschinn. Khalid zuckte die Achseln. Das war keine zufriedenstellende Antwort für Haroun. Er wurde ärgerlich.

»Versuch lieber keine Tricks!« schrie er Tamar an. »In der Tat *wünschte* ich, du würdest mir niemals auf irgendeine Weise Schaden zufügen.«

Im Raum wurde es still. Haroun, jetzt ernsthaft erzürnt, wandte sich Khalid zu und fragte: »*Nun?* Ist es nicht an der Zeit für dich zu sagen ›ich höre und gehorche‹?«

»Meister, das wird nichts nützen, und wenn ich es so oft sage, bis ich blau anlaufe. Ich kann dich beschützen, wenn Tamar ihre Zauberkraft gebraucht, um dich direkt anzugreifen – tatsächlich *muß* ich das –, aber ich kann meine Kräfte nicht benutzen, um die eines anderen Dschinns zu blockieren. Das ist unmöglich. Dein Wunsch muß unerfüllt bleiben.«

»Und ich bin nicht so dumm, daß ich dich direkt angreifen würde«, erklärte Tamar Haroun, wobei ein beunruhigendes leises Lächeln ihre Lippen umspielte. »Aber hast du jemals darüber nachgedacht, wie oft und wo an einem einzigen Tag *kleine* Dinge schiefgehen können?«

Sie schloß halb die Augen und begann, die Möglichkeiten an den Fingern abzuzählen: »Heißes Badewasser, das sich plötzlich in Eis verwandelt. Köstliches Essen, das in dem Moment, wo du einen Bissen nehmen willst, jedes Insekt in der Stadt anzieht. Edle Teppiche, die ohne Vorwarnung einen Buckel unter deinen Füßen machen, so daß du dich platt aufs Gesicht legst. Süße Träume, die abrupt von den entsetztlichsten Alpträumen unterbrochen werden. Also, ich könnte allein einhunderttausenddreiundsiebzig einfallsreiche Dinge aus dem Ärmel schütteln, die man mit Flöhen anstellen kann. Soll ich fortfahren?«

»Mach dir keine Mühe. Ich habe schon verstanden.« Haroun sah nicht mehr schuldbewußt drein, sondern verdrossen. »Und jetzt hörst du *mir* zu. Für jedes Steinchen, das du mir in den Weg legst, kann ich deinem Freund Khalid einen Felsbrocken aufbürden. Für jedes Festmahl, das du mir verdirbst, werde ich Khalid befehlen, hundert andere herbeizuzaubern. Du willst also mein Leben zu einer Aneinanderreihung von kleinen Ärgernissen, Zwischenfällen und Nadelstichen machen, nur um festzustellen, wie lange es dauert, bis ich nachgebe? Dafür möchte *ich* gern ausprobieren, wieviel Zauberkraft ein Dschinn auf einen einzigen Meister verwenden kann, bis er sich ganz und gar ausgebrannt hat und in Luft auflöst!«

Tamar wurde leichenblaß. »Das wirst du nicht tun.«

»Nur, wenn *du* es bleiben läßt.« Haroun grinste, er hatte gewonnen.

»Du bist gräßlich! Unbeschreiblich! Abscheulich!«

»Und sicher vor dir.« Er zwinkerte ihr vertraulich zu. Das war der Tropfen, der das Faß zum Überlaufen brachte.

»Grrrrrrr!« Mit einem furchtbaren Grollen verschwand Tamar. Khalid stand da und starrte traurig auf den leeren Fleck in der Luft, wo sie geschwebt hatte.

»Reiß dich zusammen«, befahl Haroun und stieß dem Dschinn seinen Ellbogen zwischen die Rippen. »Sie ist weg; denk nicht mehr an sie. Ich habe Arbeit für dich.«

»Ja, Meister.« Verglichen mit Khalid barst ein gekochtes Kohlblatt vor Energie.

»Na, komm schon! Kopf hoch! Es war mir ernst damit, dich freizulassen. Du wirst frei sein, sobald ich meinen letzten Wunsch geäußert habe, oder?«

»Wenn du es sagst.« Khalid blieb bedrückt.

Haroun legte sich wirklich ins Zeug, um den untröstlichen Dschinn aufzuheitern. »Ich halte mein Versprechen! Und es wird auch nicht ewig dauern. Verstehst du nicht, dank diesem wunderbaren Buch, das mein Vater mir hinterlassen hat, kenne ich das Eine, das mir zum vollkommenen Glück fehlt.«

»Ja. Eine Braut. Ich bin sicher, sobald du verheiratet bist, wirst du vollkommmen glücklich sein. Vollkommen.« Der Dschinn klang nicht überzeugt, und es war ihm auch gleich, wie er klang. »Dann gehe ich dir eben eine holen. Welche Größe?« Wenn Khalid ein noch längeres Gesicht gemacht hätte, hätte er den Boden damit gekehrt.

Haroun schnalzte tadelnd mit der Zunge. »Nein, nein, nein. Bräute kann man sich nicht einfach bestellen wie kandierte Früchte. Liebe ist etwas anderes als ein Einkauf auf dem Markt. Natürlich muß ich eine Braut haben, die meiner würdig ist: jung, schön, die Tochter eines Königs! Aber sie muß mich lieben – nicht, weil ich Fürst Haroun bin, Gebieter über immensen Reichtum und Herr eines echten Dschinns, sondern weil ... kannst du es nicht erraten?« Er warf Khalid einen listigen Blick zu.

»Keine Ahnung.« Der Dschinn ließ sich mit gekreuzten Beinen zu Boden sinken und stützte das Kinn auf eine Faust. »Warum sollte sie?«

»Um *meiner selbst* willen natürlich!«

»Ach. Das.« Noch leiser setzte Khalid hinzu: »Diese Aufgabe wird mich hundert Jahre kosten.«

»ICH HOFFE, ES MACHT DIR NICHTS AUS?«

»ÜBERHAUPT NICHT. GENUG PLATZ FÜR UNS BEIDE.«

»DANKE. DU BIST SEHR FREUNDLICH.«

»IST MIR EIN VERGNÜGEN.« Der Kater Boabdil dachte ein freundliches Schnurren an das Zauberwesen, das in seinen Körper eingedrungen war. Obwohl er sie nicht richtig riechen konnte – da sie in ihm war und all das –, konnte er einen weit schärferen Sinn – das *Hrrown*, oder die Zweite Nase, wie Katzen in aller Welt es nannten – gebrauchen, um festzustellen, daß sie annehmbar war. Keine Katze, aber beinahe so gut.

»HAST DU GEHÖRT, WAS DER IDIOT DA EBEN GESAGT HAT?« wollte Tamar wissen.

»WIE HÄTTE ES MIR ENTGEHEN KÖNNEN?« Boabdil sandte ihr ein leises Katzenlachen. »DU HAST ES DOCH MIT MEINEN EIGENEN OHREN GEHÖRT.«

»UM SEINER SELBST WILLEN GELIEBT WERDEN! VON EINER PRINZESSIN, DARUNTER TUT ER ES NICHT! EBENSO WAHRSCHEINLICH IST ES, DASS EINE KOBRA WEGEN IHRES EINNEHMENDEN LÄCHELNS GELIEBT WIRD.«

»DU MEINST ALSO, ES IST UNMÖGLICH?« fragte der Kater.

»UNMÖGLICH IST NOCH UNTERTRIEBEN!«

»Dann schlage ich vor, du überlegst dir, wie man das Unmögliche möglich machen kann. Schau nur.« Boabdil legte den Kopf so auf die Seite, daß Tamar Khalid sehen konnte. Er war in sich zusammengekrochen und barg den Kopf zwischen den angezogenen Knien.

Der Kater spürte ihr Schluchzen. »O mein armer Liebling!« Ihre gedachten Tränen überschwemmten Boabdils Bewußtsein wie ein kalter, grauer Regen. Irritiert sträubte er das Fell.

»Es wird ihm auch nicht helfen, wenn du wimmerst wie ein hungriges Kätzchen. Komm mit.« Stolz, mit hocherhobenem Schwanz, schritt der Kater aus dem Raum.

»Warte! Bitte, warte. Was tust du? Wohin gehen wir?« flehte Tamar.

»Wohin wohl?« Der Gedanke kam so herablassend, wie eine Katze, die ihre Schnurrhaare würdig war, ihn gerade noch hinnehmen konnte. »Wir fahren gewiss weder zur See noch durch die Wüste. Was glaubst du denn, wohin wir gehen? Wir gehen zum Palast des Königs, und wir werden nicht ohne eine Braut von königlichem Geblüt zurückkommen!«

7

Sehr sanft bewog Tamar, die versuchte, sich als Gast höflich und rücksichtsvoll zu benehmen, Boabdil, den Kopf zu heben, damit sie die Mauern des Königspalastes anschauen konnte.

»Kein besonders eindrucksvoller Palast«, bemerkte sie.

»Es ist auch kein besonderer König«, erwiderte der Kater.

Boabdil beschnüffelte die bröseligen gelblichen Steine der Außenmauer des Palasts. Die Mauern waren extrem alt, und manch ein junger Tunichtgut von der Straße hatte es fertiggebracht, mit Holzkohle seinen Namen oder ein unanständiges Bild darauf zu kritzeln.

»Eine Schande!« rief Tamar aus.

»Vielleicht hat der König nicht genug Geld oder genug Leute, um seine Mauern abschrubben zu lassen«, vermutete der Kater. »Ich muss schon sagen, mein Mensch hat mehr als einen Palast, und er schafft es, sie alle innen und aussen blitzsauber zu halten.«

»Dein Mensch hat auch Hilfe«, bemerkte Tamar bitter.

»Nicht mehr lange.« Boabdil grinste süffisant. »Da ist das Tor. Lass uns reingehen und unsere Prinzessin suchen.«

Er trottete flott davon. Für Tamar war der Aufenthalt im Inneren des Katers noch schlimmer als die drangvolle Enge in ihrem ersten verwunschenen Ring. Bei jeder Bewegung des Katers wurde sie entsetzlich durchgeschüttelt. Noch immer flatterte ihr

Magen von dem Ruck, den sie gespürt hatte, als Boabdil aus dem Fenster in Harouns Palast gesprungen war. Sie hätte es sich bequemer machen können, aber sie fürchtete, über die falschen Dinge zu stolpern und Schaden anzurichten.

Es ist alles so dunkel hier drinnen! Ich schätze, das ist teilweise der Grund dafür, daß Katzen so geheimnisvoll sind, dachte sie bei sich. *Sie wissen selbst nicht, warum sie manche Dinge tun.*

Als ihre Augen sich an das Halbdunkel gewöhnten, sah sie, daß Boabdils Gedanken eine hübsche, ordentliche Ansammlung zahlreicher Deckelkörbe war. Die beiden größten, die sie erkennen konnte, trugen die Aufschriften NAHRUNG und KOMFORT. Es gab andere, beinahe so groß, auf denen HEIM, FREIHEIT, JAGD, KATZENDAMEN und DER MOND stand. Sie streckte die Arme aus, um vorsichtig ihr Gewicht zu verlagern, und spürte einen kleinen Gegenstand unter ihrer Hand. Als sie ihn aufhob und dicht vor ihre Augen hielt, sah sie, daß es ein Korb war, nicht größer als eine Walnuß. Die Aufschrift darauf besagte: DIE WICHTIGKEIT DESSEN, WAS DIE MENSCHEN ÜBER KATZEN DENKEN.

Ohne Vorwarnung blieb der Kater stehen, und Tamar fiel gegen einen Stapel mittelgroßer Körbe. »OH, TUT MIR LEID«, rief sie und beeilte sich, sie wieder in Ordnung zu bringen. »ICH HOFFE, ICH HABE NICHTS ZERBROCHEN.«

»MACH DIR DARÜBER KEINE GEDANKEN«, antwortete der Kater. »DU HAST NICHT EINMAL MEINE GEFÜHLE VERLETZT.«

»WO SIND WIR?«

»AM GROSSEN TOR. KANNST DU GUT SEHEN?«

Tamar setzte sich so zurecht, daß sie Boabdils

Augen gebrauchen konnte. Obwohl die Mauer an sich nichts Besonderes war, war das Tor beeindruckend. Höher und höher erhob es sich zu einem Spitzbogen. Es war mit einem Wellenmuster aus blauen, grünen und goldenen Fliesen geschmückt, so daß es wie der Eingang zu einem wunderbaren Land unter dem Meer wirkte. Das riesige Eisengitter, das in Kriegszeiten dazu diente, das Tor zu verschließen, stand weit offen. Tamar sah ein wildbewegtes Dickicht menschlicher Beine, die vor ihren Augen eiligen Schrittes durch das Tor ein- und aus gingen. Mit einemmal erscholl ein lauter Schrei, und die Beine rannten noch schneller, um sich vor zwei Paar galoppierenden Hufen in Sicherheit zu bringen. Das Pferd raste vorbei und wirbelte eine Staubwolke auf, die Boabdil so zum Niesen brachte, daß Tamar in seinem Inneren hin- und hergeschleudert wurde.

»DER WEG IST FREI. WIR HABEN GLÜCK«, sagte der Kater. »WIE GEHT'S WEITER?«

»GEH HINEIN. FOLGE DER SPUR DES PFERDES. NIEMAND KOMMT SO SCHNELL GERITTEN, WENN ER NICHT EINE WICHTIGE NACHRICHT TRÄGT, UND ALLE WICHTIGEN NACHRICHTEN WERDEN DIREKT DEM KÖNIG ÜBERBRACHT. WENN WIR DEN KÖNIG GEFUNDEN HABEN, WIRD ES EINFACH SEIN, DIE ÜBERZÄHLIGEN TÖCHTER ZU FINDEN, DIE VIELLEICHT BEI IHM IM PALAST HERUMSITZEN.«

»WIE DU MEINST.« Gehorsam machte sich Boabdil auf, immer dem Pferd nach.

Tamars Theorie erwies sich als richtig. Sie folgten der Spur des Pferds zu den königlichen Stallungen. Die Dschinnie bat den Kater, von dort aus seinen überragenden Geruchssinn zu nutzen, um dem Reiter zu folgen, der vom Pferd gestiegen war. Die Spur führte über breite, schmutzige weiße Treppen nach oben, durch eine himmelhohe Halle, an deren Wänden Blumenkübel mit kränklich aussehenden Palmen standen, und einen Hof, wo die Fische in einem von einer Schleimschicht bedeckten Zierteich und die Hälfte der ihn umgebenden Rosenbüsche das Zeitliche gesegnet hatten, und endlich in einen kleinen, schmuddligen Raum, in dem die Luft abgestanden roch. Bei jedem Schritt wies Tamar Boabdil an, sich zu verbergen, wo immer er konnte, und dort, wo er sich nicht verstekken konnte, an der Wand entlang zu laufen. Sie durften sich nicht entdecken lassen.

In diesem Raum jedoch hatten sie keine Wahl. Es gab nichts, wo man sich hätte verstecken können, und die Wände waren sämtlich mit schweren Bücherregalen bedeckt. Boabdil war blitzblank, denn wie alle Katzen liebte er es, sich sauber zu halten, und mit seinem glänzenden Fell hob er sich vor seiner schmuddeligen Umgebung ab wie ein Leuchtturm.

»Was soll ich machen?« fragte er Tamar drängend.

»Tu so, als wärest du gar nicht da«, erwiderte sie. »Katzen können das doch, oder?«

»Wir sind Meister der Unsichtbarkeit, wenn es uns genehm ist.«

»Also, dann lass es dir bitte jetzt genehm sein. Vielleicht werden sie dich nicht bemerken. Bei Gott, wenn diese Sterblichen überhaupt etwas merken würden, würde ihnen auffallen, wie drekkig es hier ist. Schau mal, siehst du den da drüben? Den Dicken mit dem schiefsitzenden Goldreif auf dem Kopf?«

Boabdil kniff die Augen zusammen. »Sieht nicht nach Gold aus.«

»Das liegt daran, dass er nicht mehr geputzt

WORDEN IST, SEIT DEIN GROSSVATER EIN KATZENJUNGES WAR. DAS MUSS DER KÖNIG SEIN.«

»DAS IST ER, UND DA IST UNSER REITER UND REDET MIT IHM. ICH GEHE NÄHER HERAN.« Der Kater tappte zu dem langen, niedrigen Tisch mit den hübschen Einlegearbeiten, der zwischen den beiden Männern stand. Auf der einen Seite saß der König auf einem Haufen von Mäusen angenagter Kissen; auf der anderen ging der Reiter ärgerlich auf und ab, wobei er bei jedem Schritt etwas von seinem Reisestaub abschüttelte.

»Aber ihm muß doch wohl klar sein, daß er Unmögliches verlangt!« jammerte der König. »Geh zurück und sag ihm das.«

Der reitende Bote – ein großer Mann, der so sonnenverbrannt war, daß seine Haut dem Leder seiner Stiefel glich – blieb wie angewurzelt stehen. »Euer Majestät, als ich in Euren Dienst getreten bin, habe ich gelobt, Euch treu zu dienen, aber ich habe nie behauptet, daß ich ein Idiot bin. Er würde mich bloß köpfen lassen und Euch seine Armeen auf den Hals schikken.«

»Meine Güte! Meine Güte!« Der König rang die Hände. »Warum akzeptiert er kein Nein zur Antwort? Glaubt er, daß ich lüge? Er ist ein König, genau wie ich. Könige lügen einander nicht an.«

Der reitende Bote strich sich über den Bart, und ein Sandrinnsal rieselte auf den fadenscheinigen Teppich. »Wahrscheinlich glaubt er, Ihr verweigert ihm die Hand der Prinzessin, weil Ihr den Brautpreis hochtreiben wollt. Das hat er jedenfalls gesagt. Er hat mir auch gesagt, daß er kein Mann ist, der gerne schachert. Schachern macht ihn reizbar, und wenn er gereizt ist, kann ihn nur eines wieder beruhigen, nämlich in ein anderes Königreich einzumarschieren.«

»Er hat nicht zufällig erwähnt, an welches Königreich er dabei genau denkt, oder?« fragte der König zitternd.

Der reitende Bote beachtete die Frage nicht. »Er hat gesagt, daß der Preis, den er Euch ursprünglich geboten hat, mehr als angemessen für eine Frau ist, besonders für seine fünfundzwanzigste Frau.«

»Die fünfundzwanzigste oder die fünfhundertste, was macht das schon aus? Wir sind verloren. Kein Mann ist jemals so unglücklich gewesen wie ich! Andere Könige haben Töchter, Töchter und nochmals Töchter. Ich habe von einigen gehört, die geradezu in weiblichen Kindern ertrinken, so daß sie in ihrem eigenen Palast keinen Schritt tun können, ohne über sechs oder sieben Prinzessinnen zu stolpern. Es heißt, ein König sei durch soviel Gekicher unter einem einzigen Dach wahnsinnig geworden. Ach, der Glückliche! Andere Könige verzehren sich nach Söhnen. Söhne!« Er stieß ein kurzes, unfrohes Lachen hervor. »Ich habe achtundsiebzig Söhne, und alle von ausgezeichneter Konstitution. Wozu sind sie gut? Nur einer kann König werden, wenn ich sterbe, und der Rest muß auf Abenteuer ausziehen, Riesen töten, edle Maiden retten und was der schwachsinnigen Heldentaten mehr sind. Aber Töchter ...! Töchter werden heiratsfähig. Töchter können andere Könige heiraten und dafür sorgen, daß sie höflich zu mir sind.«

Der reitende Bote setzte sich auf den niedrigen Tisch und zog die Stiefel aus. »Jener König sprach ganz und gar nicht höflich von Euch, als ich ihn verlassen habe.« Er drehte einen Stiefel um und schüttete eine kleine Sanddüne heraus.

»Warum sollte er auch?« Der König ließ sein fettes Kinn auf seine noch fetteren Hände sinken und blickte hoffnungslos drein. »Alles, was ich habe, ist eine einzige Tochter, aber in der wohnen zehntausend Dämonen. Es ist der Lebenszweck einer Tochter zu heiraten, aber dieses Kind sagt, daß sie eher sterben würde!«

»OH, OH«, dachte Boabdil.

»PSST«, befahl Tamar. »VIELLEICHT STECKT JA MEHR DAHINTER, ALS DAS, WAS DER KÖNIG SAGT.«

»WAS KANN DENN NOCH DAHINTERSTECKEN? ES GIBT NUR EINE PRINZESSIN, UND DIE WILL NICHT HEIRATEN! NICHT EINMAL, WENN DAS KÖNIGREICH IHRES VATERS VON ANGREIFERN BEDROHT WIRD!«

»PSST, HABE ICH GESAGT. BIS JETZT WISSEN WIR NUR DAS, WAS IHR VATER GESAGT HAT, UND VÄTER NEHMEN SICH NUR SELTEN DIE ZEIT, VON IHREN KINDERN DIE GANZE GESCHICHTE ZU ERFAHREN. ICH BIN SICHER, DIESER KÖNIG HAT SEINER TOCHTER BEFOHLEN ZU HEIRATEN, SIE HAT GESAGT, LIEBER WÜRDE SIE STERBEN, UND ER IST HINAUSGERAUSCHT UND HAT SICH BEKLAGT, WIE HINTERHÄLTIG, GRAUSAM UND UNDANKBAR DIE KINDER HEUTZUTAGE SIND. ABER HAT ER IN SEINEM SELBSTMITLEID ZEIT GEFUNDEN, SIE ZU FRAGEN, WARUM SIE SICH WEIGERT ZU HEIRATEN? ICH GLAUBE NICHT. DIE FRAGE MÜSSEN WIR IHR STELLEN.«

»WIR?« Dem Kater sträubte sich das Fell über die ganze Länge des Rückens.

»JA, BOABDIL. JETZT MÜSSEN WIR BEIDEN UNSERE PRINZESSIN FINDEN.«

»ABER WIE?« fragte der Kater. »DIESER PALAST MAG JA SCHMIERIG UND SCHÄBIG SEIN, ABER ER IST GROSS! WIE SOLLEN WIR SIE ...

»YOW!«

Boabdils wütendes Maunzen ließ beinahe Tamars Trommelfell bersten. Ihr Magen sackte durch und hüpfte dann auf eine äußerst aufstörende Weise wieder in die Höhe, als sie ohne Vorwarnung zusammen mit dem Kater hoch in die Luft gerissen wurde. Schwindelerregend drehte sich die Außenwelt um sie. Zuerst sackte der Boden unter ihnen weg, dann wirbelten die Wände im Kreis, und endlich war da das dunkle, lachende Gesicht des königlichen reitenden Boten, der Boabdil in die Augen starrte. »Na, mein feines Kerlchen, welcher Wind hat dich denn hierher geweht?« Rauhe Finger rieben freundlich Boabdils Ohren. Tamar spürte, wie der Körper des Katers erschlaffte, als er zu schnurren begann.

»BOABDIL, HALT DIE AUGEN OFFEN!« befahl sie.

»ICH KANN NICHTS DAGEGEN TUN«, erwiderte der Kater. »ICH MACHE BEIM SCHNURREN IMMER DIE AUGEN ZU, UND ICH SCHNURRE IMMER, WENN SICH ETWAS SO GUT ANFÜHLT.« Das surrende Geräusch hüllte die Dschinnie ein wie eine große, warme Wolldecke.

Durch den Höllenlärm, den Boabdil mit seinem Schnurren erzeugte, hörte Tamar den reitenden Boten sagen: »Vielleicht kann man Eure königliche Tochter ja zur Vernunft bringen.«

»Ha!« gab der König zur Antwort. Inzwischen suhlte er sich in seinem Elend. »Eher werden einer Katze wie diesem Schmutzhaufen auf vier Beinen Flügel wachsen, als daß dieses unartige Kind versteht, daß ich nur ihr Bestes will.«

Einen einzigen, wütenden Augenblick riß Boabdil weit die Augen auf. »Schmutzhaufen, so was!« Er starrte den König durchdringend an, und Tamar konnte erkennen, daß der kleine Dicke unter dem zornigen Blick des Katers weiß wie ein Laken wurde. Dann fuhr der reitende Bote fort, Boabdils Ohren zu kraulen, und der Kater sank in seinen glückseligen Zustand zurück.

»Euer äußerst erhabene Majestät haben doch nicht etwa Angst vor Katzen?« fragte der reitende Bote beiläufig.

»Nein, nein.« Der König schluckte so laut, daß Tamar es sogar durch Boabdils genüßliche Laute hören konnte. »Ich mag sie bloß einfach nicht, das ist alles. Gemeine, grausame, verschlagene, unberechenbare, egoistische, undankbare Kreaturen!«

»Ist das Eure Meinung, mein Gebieter?« Der reitende Bote klang amüsiert. »Wahrhaftig, dies ist die erste Katze, die ich je im Palast gesehen habe. Ich habe mich schon immer gefragt, wieso es hier keine Katzen gibt.«

»Ich habe meinen Wachen und Dienern strikte Anweisungen erteilt, jedes dieser widerlichen Schoßtiere wegzujagen«, erwiderte der König im Tonfall eines Mannes, der weiß, daß er immer recht hat.

»Ich verstehe. Das erklärt auch … wißt Ihr, Majestät, wenn Ihr Eure Regel nur ein wenig lockern und Katzen in den königlichen Küchen zulassen würdet, könntet Ihr manch einen guten Koch länger halten.«

»Wie denn das?« Seine Majestät war skeptisch.

»Es gibt Dinge, wie zum Beispiel in eine Mehlbüchse zu langen und eine Handvoll Mäuse herauszufischen, die Köche plötzlich dazu veranlassen, ihre Kunst anderweitig auszuüben.« Als der König zur Antwort bloß schnaubte, fuhr der Reiter fort: »Und die Prinzessin … teilt sie die Meinung Eurer Hoheit über Katzen?«

Der König schnaubte nochmals. Darin war er sehr gut. »Ich glaube fest an die Theorie, daß heranwachsende Kinder von allen lebenden Wesen, die sie umgeben, lernen. Grund genug für mich, ihr zu verbieten, eins dieser schrecklichen Biester zu besitzen, obwohl sie mich wieder und wieder um ein Kätzchen gebeten hat! Sie ist ohnehin verschlagen genug, und so egoistisch – so äußerst egoistisch, daß sie nicht ... daß sie nicht ... nicht einmal wenn ihr eigener geliebter Vater in Gefahr ist, eine Invasion zu erleiden ...« Er brach zusammen und vor Selbstmitleid in ein lautes, durchdringendes Schluchzen aus.

»Hmmm«, sagte der reitende Bote. Er hörte auf, Boabdil zu streicheln. Der Kater öffnete die Augen und stieß ein leises, verärgertes Maunzen aus. Dies gab Tamar die Gelegenheit, den gedankenvollen Blick zu bemerken, mit dem der reitende Bote Boabdil in Augenschein nahm. Die Dschinnie erkannte einen gerissenen Sterblichen, wenn sie einen sah.

Sie erkannte ihn, aber das hieß keineswegs, daß es ihr gefiel.

8

Geschlagene fünfzehn Minuten knuddelte die Prinzessin Boabdil, küßte ihn und redete in Babysprache auf ihn ein. Doch plötzlich schien ihr ein Gedanke zu kommen. Sie setzte den Kater hinunter in seinen Korb, richtete sich im Sitzen hoch zwischen ihren Samtkissen auf und sah den reitenden Boten scharf an.

»Wo ist der Haken?« wollte sie wissen.

Der reitende Bote versuchte, unschuldig dreinzublicken. »Was für ein Haken, Euer liebliche Hoheit? Ich weiß nicht, was Ihr meint.«

»Ich glaube schon, daß du das weißt«, sagte sie und warf ihm einen durchdringenden Blick zu. Der Reiter war groß und stark und durch die langen Jahren im Dienst von Prinzessin Nours Vater zäh wie Leder. Prinzessin Nour war klein und blaß und ein wenig pummlig, da sie den größten Teil ihres Lebens innerhalb des Palasts ihres Vaters verbrachte, ob es ihr gefiel oder nicht. Dennoch hatte sie eine Art, die Stirn zu runzeln, die den Mann innerlich erschauern und zittern ließ. Es war nicht einfach, Prinzessin Nour ins Gesicht zu lügen.

»Blume königlichen Liebreizes, wenn dieses bescheidene Geschenk zufällig Euer Herz nur ein wenig rührt und Euch geneigter macht, den Wünschen Eures edlen Vaters nachzukommen, sollte man das dann einen Haken nennen?« schmeichelte der reitende Bote.

»Allerdings, das sollte man.« Prinzessin Nour blieb fest. »Mein edler Vater verschenkt nie etwas, wenn er nicht etwas Besseres als Gegenleistung erwartet.«

Liebevoll kraulte sie Boabdil an den Ohren und blickte den Kater mit tiefer Sehnsucht an, doch sie sagte: »Ich werde nicht heiraten, und es wird mehr als eine Katze kosten, damit ich meine Meinung ändere. Bring sie fort.«

»Nein!« protestierte Tamar. »Sie darf uns nicht fortschicken! Dann ist alles ruiniert.«

»Hab keine Angst«, riet Boabdil der Dschinnie. »Hast du gehört, wie traurig sie das gesagt hat? Es ist nicht ihr Ernst, und der Kerl, der uns hergebracht hat, weiss das. Er ist zu gerissen, um so leicht aufzugeben.«

»Aber diese Prinzessin klingt wie eine Sterbliche, die weiß, was sie will. Ich glaube nicht, dass er sie umstimmen kann.«

»Vielleicht nicht. Aber er weiss, wie er sie dazu bringen kann, ihre Meinung von selbst zu ändern. Hör doch!«

Die beiden spitzten Boabdils Ohren und hörten gerade noch, wie der reitende Bote sagte. »Sehr wohl, Euer Hoheit. Ich werde das elende Tier am Nackenfell packen und es noch in diesem Augenblick aus dem Palast werfen.« Er sah die Prinzessin an. Es schien sie nicht zu berühren. »Von einem hochgelegenen Fenster aus«, setzte er hinzu. Sie sagte nichts, um ihm zu widersprechen.

Er seufzte tief und schickte sich an, alle Register zu ziehen. »Was für ein Jammer, daß es so spät am Tag ist. Dies ist die Stunde, zu der die Straßen der Stadt am dichtesten bevölkert sind. Wenn das arme Tier nicht von einem Pferd oder einem Ochsen zertrampelt wird, lebt es vielleicht lange genug, um von den Horden streunender Hunde zu Tode gehetzt zu werden, die bei Nacht die Gassen unsicher machen. Das Leben ist hart für eine heimatlose Katze. Und dennoch, die Klugen unter ihnen schaffen es manchmal – ach – ein paar Wochen zu überleben.«

Die Augen der Prinzessin weiteten sich, während sie zuhörte, wie der reitende Bote die zahlreichen Gefahren schilderte, die Boabdil in der Welt außerhalb der Palastmauern erwarteten. »Ihr hättet sehen sollen, wie diese Kreatur ausgesehen hat, als Eurer edler Vater sie gefunden hat, Hoheit. Das arme Ding war nur noch Fell und Knochen. ›Bringt ihn in die Palastküche und füttert ihn gut!‹, sagte Euer edler Vater. ›Er soll ein besonderes Geschenk für meine geliebteste Tochter sein.‹ Aber wenn Ihr den Kater nicht mögt, wird er wohl verschwinden müssen. Komm her, du unseliger Bettler. Wir beiden habe eine Verabredung mit einem Fenster im obersten Stockwerk.« Er griff nach Boabdil.

Prinzessin Nour stieß einen schrillen Protestschrei aus und warf sich zwischen den Reiter des Königs und den Kater. »Wenn du es wagst, meinem kleinen Liebling auch nur ein Schnurrhaar zu krümmen, wird dafür dein Kopf rollen!« Sie drückte Boabdil so fest an die Brust, daß der Kater zappelte und fauchte. »Du kannst meinem Vater mitteilen, daß die Tatsache, daß ich sein Geschenk angenommen habe, noch nicht bedeutet, daß ich seinen Befehl zu heiraten akzeptiere.«

»Gewiß nicht, Euer Hoheit.« Der reitende Bote lächelte und trat unter Verbeugungen von der Prinzessin fort. Erst, als er in der Zimmertür stand, setzte er hinzu: »Irgendwann muß ich Euch wirklich erzählen, was mit Katzen geschieht, wenn ein Krieg ausbricht.« Die Wachen vor dem Zimmer der Prinzessin schlugen die Tür zu und verriegelten sie, sobald der reitende Bote gegangen war.

Prinzessin Nour saß da und hielt Boabdil länger an sich gepreßt, als der Kater ertragen konnte. »Ich glaube ihm nicht«, murmelte sie in das dichte Fell des Katers hinein. »Es wird keinen Krieg geben, wenn ich diesen gräßlichen König nicht heirate, und ich werde nicht zulassen, daß dir etwas Böses widerfährt, selbst wenn es Krieg gibt. Doch soweit wird es nicht kommen.« Boabdil grub die Krallen in ihren Arm. Es schmerzte nur ein wenig, aber sie war so verblüfft, daß sie ihn losließ. Er sprang auf den Teppich und putzte sich energisch.

»Was machst du denn, du dummer Kater?« verlangte Tamar zu wissen. »Du weisst doch, dass sie dich streicheln muss, damit mein Plan funktioniert. Spring augenblicklich wieder auf ihren Arm!«

»Sie soll mich streicheln, aber nicht erwürgen!« Boabdil fuhr fort, seinen Pelz zu lecken. »Sei nicht so ungeduldig. Sie wird es bald genug tun. Ich verstehe etwas von Menschen. Sie rechnen damit, dass wir sie ignorieren.«

Der Kater hatte recht. Prinzessin Nour begutachtete ein paar Sekunden ihre Kratzer, vergaß sie dann vollständig und versuchte Boabdil mit sinnlosen Lauten zu sich zu locken. Er ließ sie warten, und erst als er mit dem Aussehen seines Fells zufrieden schien, schritt er gelassen zu ihr zurück.

Beinahe sofort begann sie ihn zu streicheln, vom Kopf bis hinunter zur Schwanzspitze. Boabdil schnurrte, während in seinem Bewußtsein Tamar ungeduldig darauf wartete, bis die Prinzessin den Kater dreimal getätschelt hatte. Wünsche traten im Dreierpack auf, aber irgendwie hatten die Sterblichen es sich in den Kopf gesetzt, daß alles andere, was mit

Magie zu tun hatte, ebenfalls dreifach geschehen mußte.

Tamar hielt sich diese Tatsache vor Augen, während sie auf das dritte Streicheln wartete, um endlich ihre Kräfte einzusetzen.

Für Prinzessin Nour legte Tamar einen einigermaßen spektakulären Auftritt hin. Dreimal flammten Boabdils Augen grün auf. Drei regenbogenfarbene Rauchwolken brachen aus seinen Ohren. Dreimal wechselte sein Fell die Farbe – von Blau zu Rot und dann Silber –, bevor es seine normale Farbe wieder annahm. Dreimal ließ Tamar Donnerschläge aus dem Maul des Katers grollen, dann sprang sie hinaus und direkt vor die Prinzessin, die mit offenem Mund zusah.

»Gegrüßet seist du, o meine Herrin!« rief Tamar und kniete zu Füßen der Prinzessin nieder. »Ich bin die Sklavin dieses Katers.«

»Die WAS?« wiederholte Nour und hustete ein wenig durch all den Rauch, der immer noch im Zimmer hing. Boabdil stolzierte davon und zuckte gereizt mit den Ohren.

»Die Sklavin des Katers«, sagte Tamar noch einmal. »Ich bin eine Dschinnie. Du hast doch sicher die Geschichten über uns gehört?«

»Gehört? Ich habe sie selbst gelesen«, erwiderte die Prinzessin. Sie machte eine Handbewegung, und zum erstenmal bemerkte Tamar, daß an den Wänden von Prinzessin Nours Zimmer wohlbestückte Bücherregale standen. »Ich lese für mein Leben gern«, sagte Nour. »Manchmal ist es das einzige, das mich davor bewahrt, an Langeweile zu sterben. Wenn man eine Prinzessin ist, wird von einem bloß erwartet, vor sich hin zu warten, bis man verheiratet wird, aber niemand hat irgendwelche guten Ideen, was man anstellen kann, solange man wartet.«

Tamar legte nachdenklich einen Finger an die Lippen und beschloß, vorsichtig vorzugehen. Sterbliche, die lasen, waren für gewöhnlich gewitzter als die, die es nicht taten, und ein gewitzter Sterblicher war immer ein gefährlicher Sterblicher. Vorsichtshalber war das nächste, was sie sagte: »Dann wißt Ihr ja, daß Ihr als meine Herrin keinen Eurer drei Wünsche benutzen könnt, um Euch mehr Wünsche zu wünschen.«

»Nicht?« Die Prinzessin sah enttäuscht aus.

Hmmm, hmmm, dachte Tamar. *Genau das hatte ich befürchtet. Sie ist so schlau, daß sie daran gedacht hat, das zu verlangen. Schlau, aber vielleicht auch unersättlich. Die meisten Sterblichen sind das, und genau darauf hoffe ich.* Zu Nour sagte sie bloß: »Tut mir leid, das sind die Regeln.«

»Ach, du meine Güte.« Die Prinzessin ließ das Kinn in die Hände sinken. »Und ich möchte so viel mehr als drei Wünsche äußern! Ich möchte diesen Palast hinter mir lassen, und ich möchte auf irgendeine Art in der Welt für mich sorgen können, und ich will nicht, daß mein Vater mir seine Soldaten nachschickt, um mich zurückzuholen, und ich möchte wahrhaftig keine Prinzessin mehr sein, und – ach, puh – ich schätze, ich sollte mir wirklich wünschen, daß mein Vater nicht in den Krieg ziehen muß, bloß weil ich nicht die x-te Frau von diesem König da werden will, und ich weiß, ich will mich nicht zwingen lassen, jemanden zu heiraten, den ich nicht liebe, und ...« Sie warf Tamar einen flehenden Blick zu. »Kannst du mir nicht wenigstens einen Rat geben, wie ich all das in drei Wünsche hineinquetschen kann?«

Tamar lächelte bedauernd. »Das wäre gegen die Bestimmungen. Tätsächlich sollte ich Euch schon für diese Frage einen Wunsch anrechnen. Aber das werde ich nicht. Ihr gefallt mir. Ihr gefallt mir so gut, daß ...«

Sie hielt inne und spähte im Zimmer der Prinzessin umher, als erwarte sie, daß unter den Polstern auf dem Boden jeden Augenblick eine Horde bis an die Zähne bewaffneter Räuber hervorspringen würde. In einem verschwörerischen Flüstern fragte sie: »Kann ich Euch trauen, o Herrin? Was ich Euch anbieten möchte, ist nicht ... jedenfalls nicht ganz ... eigentlich überhaupt nicht legal. Wir magischen Wesen haben unsere Gesetze. Wenn die anderen Dschinns von dem Handel erfahren würden, den ich Euch anbieten werde, wäre das mein Verderben!«

Tamar war sehr stolz auf die Art, wie sie »Verderben« aussprach. Sie ließ das Wort hohl und hallend und grausig klingen, alles gleichzeitig. Sie warf sogar ein kleines Donnergrollen ein, um die schreckerregende Wirkung zu unterstreichen, die sie zu erzielen hoffte. Sie war sicher, die Prinzessin würde auf die Knie sinken, schwören, jedes Geheimnis zu hüten, um dessen Bewahrung Tamar sie bat, und sie anflehen ihr zu verraten, welchen wundervollen Handel die Dschinnie anzubieten hatte.

Statt dessen erschrak Tamar beinahe zu Tode, als Nour zur Antwort ruhig meinte: »Ach, wirklich? Dann solltest du das vielleicht lieber nicht tun. Wenn es dir nichts ausmacht, etwas zu warten, muß ich jetzt eben meine dreifache Wahl treffen.«

»Wahl treffen?« wiederholte Tamar hilflos.

»Für meine Wünsche«, erklärte Tamar. »Mit drei Wünschen kann ich nicht alles bekommen, was ich will, also muß ich mich entscheiden, welche drei Dinge ich am dringendsten brauche.«

»Aber. Aber. Aber ... aber ... aber ... aber ... du kannst alles haben, was du willst!« brauste die Dschinnie auf.

»Nein, das kann ich nicht.« Nour faltete die Hände. »Du hast es selbst gesagt.«

»Aber ich sage dir, daß es möglich ist! Es würde dich nur eine Kleinigkeit kosten, eine winzige und einfache Sache ...«

»Ach nein.« Die Prinzessin drohte der Dschinnie scherzhaft mit dem Finger. »Du vergißt, daß ich die Geschichten gelesen habe. Ihr Dschinns seid ein hinterlistiger Haufen. Du würdest doch nichts lieber tun, als mich dazu zu verleiten, die drei Wünsche, die ich habe, zu vergeuden, indem du mir mehr versprichst. Das wird nicht klappen. Drei Wünsche müssen mir eben genügen. Ich will nicht unersättlich sein.«

»Warum nicht?« jammerte Tamar. »Du bist eine Sterbliche! Du mußt unersättlich sein. Oh, das ist schrecklich. Du hast meine ganzen Pläne ruiniert. Wieso könnt ihr Menschen niemals tun, was wir von euch erwarten? Seid ihr so grausam, oder seid ihr bloß dumm?« Sie sank zwischen den Kissen der Prinzessin nieder und begann zu weinen.

Ein schwer beringter Finger tippte Tamar auf die Schulter und riß sie aus ihrem Elend. »Vielleicht weiß ich nicht allzuviel über die Welt, weil ich mein ganzes Leben innerhalb von Palastmauern verbracht habe«, sagte Nour, »aber ich glaube, ich weiß genug, um zu behaupten, daß du dich ganz und gar nicht anhörst wie die Sklavin von irgend etwas, und schon gar nicht von einer Katze. Was bist du wirklich, und was willst du von mir?«

Tamar wischte sich die Augen mit dem Handrücken und schnippte dann mit den Fingern. Ein golden und silbern gemustertes Taschentuch erschien mitten in der Luft. Sie schneuzte sich laut und sagte dann: »Nun, ich bin wirklich eine Dschinnie.«

»Das sehe ich«, bemerkte die Prinzessin und blickte lächelnd auf das magische Taschentuch. »Eine Dschinnie, die sich eine Menge Mühe gegeben hat, mich zu ihrer Herrin zu machen, habe ich recht?«

Tamar nickte und bekannte dann: »Ich brauche Eure Hilfe.«

»Was für Hilfe könntest du von mir brauchen?« fragte Nour. »Dir ist alle Zauberkraft der Welt untertan; ich kenne nur zwanzig verschiedene Arten, mir das Haar zu flechten und die Fingernägel zu lackieren. Du kannst gedankenschnell um die ganze Welt fliegen; ich kann nicht einmal einen Fuß aus diesen Räumen setzen, ohne daß fünfzig der besten Gardisten meines Vaters mich umringen. Du hast die Macht, Berge zu versetzen; ich habe nicht einmal die Macht, zu heiraten, wen und wann ich will, falls ich überhaupt heiraten möchte. Was könnte ich für dich tun?«

»Nun, zum Beispiel«, sagte Boabdil, der zurückkehrte, nachdem er den restlichen Rauch aus seinen Ohren und seinem Fell entfernt hatte, »könntest du heiraten.«

9

»Seid Ihr sicher, daß Ihr es Euch nicht anders überlegen wollt, o Herrin?« fragte Tamar in schmeichelndem Tonfall. Sie hatte die Frage erst zum vierzehntenmal gestellt und glaubte nicht, daß Prinzessin Nour ein Recht hatte, sie so wütend anzustarren.

»Ja, ich bin sicher!« schnauzte die Prinzessin sie an und warf mit einem schmutzigen Spüllappen nach der Dschinnie. Murrend und vor sich hinschimpfend steckte sie die Hände wieder in die Schüssel mit dem Seifenwasser und fuhr fort, Teller zu schrubben. Von Zeit zu Zeit hob sie eine Hand, um sich das Haar aus dem Gesicht zu wischen.

Boabdil, der Kater, kam in die Küche geschlendert, als gehöre ihm der ganze Palast. In der Tat war er genau dieser Ansicht. »Nun, meine Damen, und wie kommen wir heute miteinander aus?« fragte er freundlich.

Prinzessin Nour schleuderte eine Handvoll Seifenschaum nach ihm und verfehlte ihr Ziel. Fauchend sprang der Kater zurück. »War ja nur eine nett gemeinte Frage«, sagte er und leckte sich nichtvorhandenen Schaum aus dem Fell.

»Achte gar nicht auf sie.« Tamar klang einigermaßen verbittert, während sie sich mit einem Stapel Teller abmühte, der abgetrocknet werden mußte. »Meine Herrin hat in ihrer Weisheit bloß entdeckt, daß es sich mit manchen Wünschen schwerer lebt als mit anderen. Jetzt warten wir darauf, wie lange sie braucht, um auch noch zu lernen, daß man das, was man mit einem Wunsch vermasselt, mit einem anderen besser machen kann.«

»Ich dachte, du hättest gesagt, daß ein neuer Wunsch niemals einen alten rückgängig machen kann«, wandte Nour ein.

»Das ist teilweise wahr, o Herrin.« Die Dschinnie vollführte eine komplizierte Geste mit ihrem Geschirrtuch. »Wenn Ihr Euch einen Haufen Gold wünscht und ihn später wieder wegwünscht, kann ich das tun. Es ist natürlich im Leben, daß Gold mit Leichtigkeit kommt und geht. Aber wenn Ihr Euch wünscht, daß ich Eure Feinde vernichte, und später beschließt Ihr, daß sie doch nicht so übel waren, dann kann ich sie nicht zurückholen. Tot ist tot, und weg ist weg. Nicht einmal die ganze Magie von König Salomo kann sich über ein universelles Gesetz einfach hinwegsetzen.«

Boabdil hörte sich das Ganze aufmerksam an. »Heißt das, Prinzessin Nour muß für immer ein Küchenmädchen bleiben?«

»Ganz und gar nicht. In den alten Geschichten sind die Küchenmädchen immer in Wirklichkeit Prinzessinnen, warum soll dann eine Prinzessin kein Küchenmädchen sein? Außerdem ist sie nicht wirklich eine Dienerin, sie sieht nur so aus.« Tamar sprach zu dem Kater, als sei Prinzessin Nour tausend Meilen weit fort. Sie wußte, wie leicht sich manche Sterbliche ärgerten, wenn man auf diese Weise über sie redete, daher tat sie es mit Absicht. »Meine Herrin hat sich – höchst törichterweise, wie ich meine – gewünscht, in anderer Gestalt in Fürst Harouns Haus zu kommen. Statt das äußerst großzügige Angebot anzunehmen, das ich ihr gemacht hatte, und zufrieden zu sein, mußte sie die Dinge komplizieren. Die meisten Sterblichen würden sich die Chance nicht entgehen lassen, einen Dschinn zu haben, der bereit ist, ihnen jeden Wunsch zu erfüllen – nicht nur drei, sondern jeden einzelnen Wunsch, den sie jemals haben mögen! Würden sie Fragen stellen? Würden sie Bedingungen setzen?«

»Wären sie so unersättliche Dummköpfe, einen Mann zu heiraten, den sie noch nie gesehen haben, nur weil jemand anderes das für eine gute Idee hält?« fuhr Nour dazwischen. »Wenn ich das wollte, hätte ich im Palast meines Vaters bleiben und mir von ihm einen Mann aussuchen lassen können.«

»Aber wenn Ihr den Mann heiratet, den ich Euch ausgewählt habe, bekommt Ihr auch mich!« beharrte Tamar. »Mich und alle Wünsche, nach denen Euch jemals der Sinn stehen kann. Das einzige, was Ihr dazu tun müßt, ist, daß Ihr Euch wünscht, Haroun ben Hasan zu heiraten. Was könnte einfacher sein?«

»Mit dem Kummer ist es einfach«, erwiderte Nour. »Bloß das Glück hat immer einen Haken.«

Tamar verdrehte die Augen. »Herrin, es liegt mir fern, Euch belehren zu wollen. Ein Dschinn ist geschaffen, um zu hören und zu gehorchen. Ich habe stillschweigend zugesehen, wie Ihr einen ganz normalen, guten Wunsch einfach so vergeudet habt – Eure dumme, romantische Idee, in der Gestalt einer einfachen Dienerin in Fürst Harouns Palast zu kommen. Warum? Um herauszufinden, ob ich Euch mit irgendeinem Ungeheuer verheiraten will? Nun, jetzt habt Ihr ihn gesehen. Ist er häßlich?«

»Er ist recht ansehnlich«, gestand die Prinzessin ein.

»Als er durch die Küche gegangen ist und Euch bei der Arbeit gesehen hat, hat er da grob mit Euch gesprochen? Oder hat er sich benommen, als wärt Ihr bloß ein weiterer Gegenstand, den er besitzt?«

Nour konnte nicht lügen. »Er hat freundlich zu mir

gesprochen und gefragt, ob ich zufrieden mit meiner Arbeit hier sei. Er scheint ein gutes Herz zu haben.«

»Was hält Euch dann davon ab, diesen einen kleinen, einfachen, unwichtigen Wunsch zu äußern – ihn zum Mann zu bekommen! –, wenn dieser Wunsch Euch außerdem noch so viel mehr einbringt?« Tamar rang die Hände zum Himmel, und an ihren Fingerspitzen knisterten winzige weiße Feuerwerke.

Ein kleines Lächeln zuckte um den Mundwinkel der Prinzessin. »Wahrhaftig, was hält mich davon ab? Ich könnte einen Wunsch opfern, um Fürst Haroun zu heiraten, und dann einen der zahllosen Wünsche, die du mir versprochen hast, benutzen, um mich wieder von ihm scheiden zu lassen.« Sie warf Tamar einen schnellen, durchdringenden Blick zu. »Das könnte ich doch, oder?«

Tamar öffnete den Mund, schloß ihn wieder, biß sich auf die Unterlippe und sagte nichts.

»Ich verstehe.« Prinzessin Nour wandte sich wieder dem Tellerschrubben zu.

Boabdil rieb sich an den Knöcheln der Dschinnie. »Ich glaube, du solltest ihr die ganze Geschichte erzählen«, sagte er. »Sie ist zu klug, um sich mit der kalten Wahrheit zufriedenzugeben.«

»Zu klug«, wiederholte Tamar verbittert. »Meister Ismael hat uns niemals gelehrt, daß Prinzessinnen klug sind, nur schön.«

»Dein Meister Ismael hätte weniger Zeit in Lampen verbringen sollen«, bemerkte Prinzessin Nour. »Diese Welt ist allemal groß genug für ein paar kluge Prinzessinnen.«

Tamar wollte gerade zur Verteidigung ihres alten Lehrers ansetzen, als die ganze Küche zu vibrieren und zu verschwimmen begann. Nour schnappte nach

Luft und kreischte dann in kleinen Schnaufern: »Oh! Oh! Oh! Oh!« Alles nahm neue Gestalt an. Die einfachen, praktischen Herde mit ihren schwarzen Eisentüren wurden zu strahlend blauem Email, umgeben von hübschen Fliesen in der Form und Farbe von Fischschuppen. Das ganze Geschirr verschwand in einem Blitz und kehrte in Gestalt brandneuer, rosa-grüner Porzellantöpfe und -pfannen wieder, mit Griffen aus Gold und Silber. Selbst die großen Spülbecken, in denen Tamar und Nour die Teller wuschen, verwandelten sich von einfachem Zinn in prächtig bemaltes Elfenbein.

Dann hörten die Verwandlungen so plötzlich auf, wie sie begonnen hatten. Prinzessin Nour umklammerte den Rand ihres Spülbeckens. »Was war das?« Sie sah hinab auf ihre Kleidung – zuvor das einfache, stumpfbraune Kleid einer gewöhnlichen Dienerin, waren es jetzt blaßgrüne Satingewänder, edler als alles, was sie besessen hatte, während sie im Palast ihres Vaters lebte – und setzte hinzu: »Und was ist all das?«

Boabdil spähte unter dem Tisch hervor. »Laßt mich raten: Unser Freund Haroun ben Hasan hat beschlossen, sein bescheidenes Heim neu einzurichten.«

Der Kater hatte kaum zu Ende gesprochen, als Haroun höchstpersönlich den Kopf in die Küchentür steckte. »Nun, wie gefällt es Euch?« Für einen Mann, der über so viel Reichtum und Zauberkraft gebot, klang er bemerkenswert schüchtern und unsicher, wenn er mit Damen sprach.

Tamar und Nour verneigten sich tief. Die Dschinnie war so klug gewesen, sich zu verstellen, damit Haroun sie nicht erkannte, wenn sie in sein Haus zurückkehrte. Das Gesicht, das sie gewählt hatte, war nicht so schön wie ihr eigenes – welche sterbliche Frau kann so bezaubernd sein wie ein Geschöpf der Magie? –, doch schön war es dennoch. Tatsächlich hatte Tamar das Gesicht nach einem Porträt kopiert, das sie im Königspalast hatte hängen sehen. Sie wußte nicht, daß es das Antlitz einer großen Königin war; sie hatte es lediglich »ausgeliehen«, weil es das erstbeste sterbliche Gesicht gewesen war, das ihr einfiel.

Dies stellte sich als Fehler heraus. Es wurde ihr bewußt, nachdem sie aufgeblickt und geantwortet hatte: »Alle Änderungen, die Ihr wünscht, sind Euren ergebenen und gehorsamen Dienerinnen gewiß recht, o unser Herr.«

Haroun ben Hasan starrte sie so eindringlich an, daß er es nicht zu hören schien, als Prinzessin Nour sagte: »Wir finden diese Änderungen sehr ansprechend, mein Fürst, wenn sie uns auch etwas überrascht haben.« Haroun sagte nichts und sah immer noch Tamar an.

Die Prinzessin war irritiert. Sie war es nicht gewöhnt, übersehen zu werden. Sie winkte Boabdil und flüsterte: »Was ist mit ihm los?«

Der Kater, der sah, wie abwesend Haroun war, machte sich nicht einmal die Mühe, die Stimme zu senken, als er zurückgab: »Wer weiß das schon? Normalerweise verbringt er nicht allzuviel Zeit im Küchentrakt. Vielleicht ist er verwirrt durch seine Umgebung.«

»Er sieht nicht verwirrt aus«, meinte Nour.

»Dann ist er vielleicht schüchtern gegenüber neuen Gesichtern. Du und meine Herrin Tamar sind erst ganz neu beim Hauspersonal. Weißt du, neue Diener erleiden oft einen gehörigen Schock durch die Auswirkungen seiner Wünsche. Deshalb war er überhaupt hier heruntergekommen, um nachzusehen, ob ihr in Ordnung seid.«

»Das ist nett von ihm. Aber wie meine Dschinnie mir sagt, hat er selbst einen Dschinn in seinen Diensten. Wieso braucht er da noch andere Diener?«

Boabdil schloß die Augen. »Fürst Haroun ist ein von Herzen freundlicher Mann. Er sieht ein, daß die Erfüllung seiner Wünsche seinen Dschinn gelegentlich sehr in Anspruch nimmt, und daher hat er beschlossen, Khalid – dies ist der Name seines Dschinns – zu schonen, indem er sich nicht länger von ihm wünscht, sein Bett zu machen, sein Abendessen zu kochen oder seine Schätze abbzustauben, sondern statt dessen einige sterbliche Diener einzustellen, damit sie sich um die tägliche Hausarbeit kümmern. Für solche Arbeiten stellt er gewöhnliche Diener ein.«

Erst jetzt entdeckte Haroun offensichtlich, daß eine seiner neuen Dienerinnen nicht ganz so gewöhnlich war. Ein überwältigendes Gefühl der Verwirrung ergriff sein Herz. Er spürte, wie sich in seinem Kopf alles drehte. Er war sicher, daß er in Schweiß ausbrach. Seine Lippen waren trocken, und als er den Mund zum Sprechen öffnete, war das einzige, was er hervorbringen konnte: »Unghhh.«

Prinzessin Nour sah, wie bleich er war, und fragte besorgt. »Herr, geht es Euch gut?«

»Unghhh«, beruhigte Haroun sie. Er fuhr fort, Tamar anzustarren mit der Miene eines Huhns anzustarren, das mit dem Kopf voran gegen eine Ziegelmauer gerannt ist. Endlich schien er sich so weit erholt zu haben, daß er wieder sprechen konnte. »Khalid! Khalid! Komm sofort her!«

Es ertönte ein Zischen und Rascheln, als fliege etwas sehr Großes durch die Luft. Die neuen Töpfe und Pfannen klirrten und klapperten aneinander, die Ofentüren ratterten in ihren Scharnieren, und der von Prinzessin Nour frisch abgewaschene Tellerstapel zerschellte in eine Million Teile.

Abgesehen davon geschah nichts.

Haroun starrte finster in die leere Luft. »Komm sofort her zu mir und mach dich sichtbar«, knurrte er.

Die Luft zwischen Prinzessin Nour und Haroun ben Hasan schimmerte. Dann stand Khalid da mit zusammengelegten Händen und gebeugtem Haupt. »Warum hast du das nicht gleich gesagt, o Meister?« fragte er mit Unschuldsmiene. »Ich bin hier, um dir zu dienen.«

»Sicher bist du das«, sagte Haroun in einem Ton, der keinen Zweifel daran ließ, wen er für den größten Lügner hielt, den die Welt der Magie hervorgebracht hatte.

»Wie darf ich dir das Leben noch angenehmer gestalten?« wollte der Dschinn wissen. »Oh, ich weiß, ich habe soeben die Möblierung jedes einzelnen Raums in diesem lächerlich winzigen Palast verwandelt, alle Pferde in deinem Stall gegen schneeweiße Kamele ausgetauscht, deine alten braunen Kamele gegen einen neuen Schwung Pferde ausgewechselt – alles vollkommen gleiche schwarze Hengste mit passenden rotgoldenen Sätteln und Geschirren – und all deine Diener mit brandneuen Kleidern auf dem Leibe ausgestattet, aber mach dir nichts draus! Verlange noch etwas! Verlang alles, was du willst! Denk nicht eine Sekunde daran, daß ich müde werden oder ein wenig Zeit für mich wollen könnte. Ich würde sie nur auf Dummheiten verschwenden wie Ausruhen, Nachdenken oder mich mit meinen Feunden zu treffen. Aber wer braucht Freunde, wenn er einen Meister wie dich hat? Nur zu, wünsch dir etwas! Wünsch dir die Welt!«

»Wenn du etwas Zeit für dich möchtest, brauchst du nur darum zu bitten«, murmelte Haroun. Er wirkte verlegen. »Ich wollte nur mit dir reden. Komm doch zu mir in das Gemach der Tausend Fasane, wenn du einen Augenblick Zeit hast. Ich werde auf dich warten.« Er zog den Kopf ein wie eine Schildkröte und schlurfte hinaus.

»Du sollst mit ihm reden, ›wenn du einen Augenblick Zeit hast‹?« staunte Tamar laut. »Das ist ja ganz etwas Neues.«

»Allerdings«, pflichtete Khalid ihr bei und kratzte sich am Kopf. »Ich schätzte, ich gehe lieber und höre, was er will. Wenn die Damen mich entschuldigen würden ...« Der Dschinn verneigte sich und verschwand.

»Wer war das?« fragte Prinzessin Nour und zupfte Tamar drängend am Ärmel. Hätte die Dschinnie genauer hingesehen, hätte sie vielleicht bemerkt, daß die Miene der Prinzessin der von Haroun ben Hasan glich: Sie schauten beide drein wie ein vom Donner gerührtes Huhn. Aber wenn Khalid in der Nähe war, bemerkte Tamar selten etwas außer ihm.

»Er ist der Grund dafür, daß ich Euch gebeten – nein, angefleht – habe, eine nette, vernünftige Herrin zu sein und Euch zu wünschen, Fürst Haroun ben Hasan zu heiraten«, erwiderte Tamar. Sie erzählte die ganze traurige Geschichte von Khalids Gefangenschaft und schloß damit, daß sie der Prinzessin eröffnete, was es brauchte, um Harouns vollkommenes Glück zu garantieren.

»*Mich?*» kreischte Prinzessin Nour.

»Siehst du hier sonst noch irgendwelche Prinzessinnen?« fragte Boabdil.

»Nein, o nein!« protestierte Nour. »Das ist unmöglich, undenkbar!«

»Aber wieso?« bohrte Tamar und umklammerte die Hände der Prinzessin. »Ihr habt Fürst Haroun gesehen, Ihr habt mir beigestimmt, daß er weder häßlich noch unfreundlich ist. Wünscht Euch, ihn zu heiraten, und ich weiß, er wird ein guter Ehemann sein. Gewiß wird er ein dankbarer sein. Es ist sein Herzenswunsch, eine Dame von königlichem Geblüt zu heiraten. Ihr Sterblichen wißt die Wünsche, die Euch die Dschinns gewähren, nicht zu schätzen. Ihr glaubt, daß ihr ein Recht auf die Geschenke der Magie habt! Aber wenn ein Sterblicher einem anderen Sterblichen den größten Wunsch erfüllt, der sein Herz bewegt ... ach, diese Dankbarkeit! Eine Dankbarkeit fürs Leben! Gar nicht zu reden ...« – Tamar sprach leiser und blickte verschlagen – »von den Wünschen, die ich Euch Euer Leben lang gewähren werde. In Anbetracht all dessen, wieso könnt Ihr Fürst Haroun nicht heiraten und meinen armen Khalid befreien?«

Prinzessin Nour schaute zu Boden. »Weil ich einen anderen liebe.«

Tamar blieb vor Schreck der Mund offen stehen. Auf ihren zitternden Lippen lagen unausgesprochene Fragen; unausgesprochen, weil sie befürchtete, die Antwort bereits zu kennen. Dann stieß sie einen schrillen Schrei aus, der so laut war, daß er das Herz der Wüste zerrissen hätte, und rannte aus der Küche.

Der Kater Boabdil, der sich die Vorderpfoten geputzt hatte, blickte uninteressiert auf. Er legte den Kopf auf die Seite und sah Nour an. »Laß mich raten: Du liebst Khalid.«

»Mein Herz weist mir den Weg, und ich muß ihm folgen«, erwiderte die Prinzessin und spreizte hilflos die Hände.

»Sicher.« Boabdil spuckte das Wort so kurzangebunden heraus, als sei es ein knorpeliger Mauseschwanz. »Du weißt ja, daß du Khalid niemals freiwünschen kannst«, klärte er sie auf.

»Nicht?«

»Nein. Die Zauberkraft eines Dschinns kann das Werk eines anderen nicht aufheben. Jedenfalls nicht, solange es nicht zu einem ausgewachsenen Kampf kommt, und so etwas ist so laut und so unschön, daß es nicht oft vorkommt.« Er schleckte noch einmal seine Pfote ab. »Ich hasse unschöne Szenen.«

»Kann ich denn wünschen, daß Fürst Haroun ihn befreit? Oder wünschen, daß Khalid ein Sterblicher wird? Oder ich eine Dschinnie? Ich weiß nur, daß es mir nichts ausmachen würde, für immer eine Gefangene zu sein, wenn ich dafür bei ihm sein könnte.« Mit traurigem, schmachtenden Blick sah sie zu der Tür, durch die Khalid hinausgegangen war.

»Nein«, sagte der Kater.« »Diese Wünsche (schleck) widersprechen (schleck, schleck) der natürlichen Ordnung der Dinge.«

»Dann darf ich wohl annehmen, daß eine sprechende Katze natürlich ist?« meinte die Prinzessin höhnisch.

»Nun, viele Leute (schleck) sind der Meinung, daß wir sprechen *könnten* (schleck) oder sprechen *sollten* (schleck) oder *wirklich* sprechen können, aber zu schlau sind, um jemanden, der bloß ein Mensch ist, in das Geheimnis einzuweihen. Gewiß sind wir (schleck, schleck) klüger als manche Kreaturen, die bloß schwatzen. Außerdem (schleck), wenn es gegen die natürliche Ordnung der Dinge verstieße (schleck, schleck, Krallenknabbern), daß ich spreche, dann würde ich (schleck) doch jetzt nicht reden. Der Zauber wäre einfach (schleck) verpufft.«

»Sich zu verlieben ist natürlich«, sagte Nour mit einer schrecklich verträumten, sentimentalen Stimme. »Vielleicht werde ich mir wünschen, daß Khalid sich in mich verliebt.«

»Wunderbar.« Boabdils Kommentar war so trocken wie ein Sandsturm. »Dann wird er nicht bloß ein Gefangener sein, sondern ein liebeskranker Gefangener. Ich kann dir gar nicht sagen, wieviel besser er sich dadurch fühlen wird!« Er beendete das Putzen seiner linken Pfote und setzte hinzu: »Es würde sowieso nicht funktionieren.«

»Liebe ist natürlich!« widersprach die Prinzessin.

»Aber erzwungene Liebe nicht«, konterte der Kater. »Wenn sie es wäre, könntest du dich genauso leicht dazu bringen, Fürst Haroun zu lieben, wie du jetzt behauptest, daß du Khalid liebst. Es wäre das bessere Geschäft. Ach, übrigens ...« – Boabdil wirkte aufrichtig interessiert – »wieso liebst du Khalid? Es kommt ziemlich plötzlich, scheint mir.«

»Wieso ich ihn liebe ...?«

Nour schien ihren Ohren nicht zu trauen. »Nun, weil er so ... so gut aussieht ...«

»Das tut Fürst Haroun auch.«

»... und so freundlich ist ...«

»Woher willst du das wissen? Fürst Haroun hat dir mehr Freundlichkeit erwiesen.«

»... und er ist so beredt ...«

»Ja, ich glaube, er muß drei vollständige Sätze in deiner Gegenwart gesagt haben.«

»... und so ... so«, sie krampfte die Hände zusammen, »so traurig, so hoffnungslos, so wunderbar, wunderbar tragisch!«

Boabdil zog eine Grimasse. »Also wenigstens ist mir jetzt klar, welche Lektüre man Prinzessinnen gestattet. Schmalziges Zeug und romantischen Unsinn. Es ist ein Wunder, daß du nicht beschlossen hast, den erstbesten Bettler zu heiraten, der dir auf der Straße vor deines Vaters Palast begegnet ist. Wahrscheinlich hättest du angenommen, er sei ein verwunschener Prinz!« Er stolzierte mit hocherhobenem Schweif davon und murmelte etwas über Prinzessinnen in seinen Schnurrbart.

Allein in der Küche, suchte Prinzessin Nour sich einen Stuhl und setzte sich mit einem Seufzer. »Ich *liebe* Khalid«, erklärte sie der leeren Luft. »Und ich *habe* guten Grund, ihn zu lieben. Ich weiß, ich habe ihn eben zum erstenmal gesehen, aber hat in diesem Palast noch nie jemand etwas von Liebe auf den ersten Blick gehört? Und ich weiß, daß ich Fürst Haroun nicht liebe. Erst einmal ist er ... ist er ...« Sie durchforschte ihre Gedanken nach etwas an Haroun ben Hasan, das es unmöglich machte, ihn zu lieben. Sie hatte kein Glück. »Also, *irgend etwas* muß an ihm nicht stimmen, oder meine Dschinnie würde nicht versuchen, mich zur Heirat mit ihm zu zwingen. Ach, sie ist genau wie mein Vater! ›Du mußt diesen König heiraten! Du mußt jenen Prinzen heiraten! Du mußt den Mann heiraten, den ich auswähle. Du kannst dir deinen Ehemann nicht selbst aussuchen.‹ Ich habe es so über, daß immer jemand für mich entscheidet. Ein einziges Mal habe ich selbst die Wahl getroffen, und ich entscheide mich, Khalid zu lieben.« Sie verschränkte die Arme vor der Brust, äußerst zufrieden mit sich selbst.

Und Ihr habt eine sehr gute Wahl getroffen, sprach die Luft.

Prinzessin Nour fuhr hoch. »Wer seid Ihr? Wer ist da?«

Ein Freund. Die Stimme kam von überall und nirgends. Sie hallte in den Öfen wider und brachte die Porzellanscherben auf dem Boden zum Klirren. *Ein Freund, der nur Euer vollkommenes Glück will.*

Falls Prinzessin Nour Angst hatte, ließ sie es sich nicht anmerken. Sie wußte, daß Fürst Harouns Palast ein Hort der Magie war. Mit körperlosen Stimmen mußte man da rechnen. Tapfer sagte sie: »Wenn Ihr mein Freund seid, zeigt Euch! Nur Feinde schleichen im Dunkel umher.«

Ein Seufzer wie ein kleiner Sandsturm toste durch ihr Haar. *So etwas von mißtrauisch. Sehr wohl, meine Dame. Wenn das Euer Wunsch ist … Ich höre und gehorche.*

Es gab ein Donnergrollen; der Boden bebte unter Nours Füßen, bis sie sich am Rand eines Tisches festhalten mußte, um aufrecht zu bleiben. Unsichtbare Dämonen heulten ihr ins Ohr, und aus dem Augenwinkel heraus glaubte sie zu sehen, wie flammende Skelette im ganzen Raum umhertanzten. Ein Mädchen von geringerem Format wäre auf die Knie gesunken, hätte ihr Gesicht verborgen und geschluchzt. Prinzessin Nour war nicht besonders mutig, aber sie war eigensinnig. Eindeutig wollte das unsichtbare Wesen, das all diese furchterregenden Erscheinungen und Geräusche hervorrief, ihr einen ordentlichen Schrecken einjagen. Sie weigerte sich, ihm die Genugtuung zu gönnen, sie schaudern, zittern oder beben zu sehen.

»Was ist?« schrie sie über das Heulen der Dämonen hinweg – tatsächlich schrie sie so laut, daß die tanzenden Skelette mitten im Sprung innehielten, um sie aus rauchenden, leeren Augenhöhlen anzustarren. »Wieso brauchst du so lange, um zu erscheinen?

Wenn du mit so einem einfachen Zauber, wie dich sichtbar zu machen, nicht klarkommst, dann glaube ich nicht, daß du die Macht hast, mir das Glück zu schenken, das du versprichst, mein ›Freund‹.«

Das Heulen und Grollen hörte auf, die flammenden Skelette zerkrümelten zu Asche, und der Donner verklang. Prinzessin Nour stellte fest, daß sie zu dem größten, häßlichsten und gehässig wirkendsten Wesen aufblickte, das sie je gesehen hatte.

»Wer ... *was* bist du?« fragte sie.

»Ihr könnt mich Gamal nennen«, sagte das Ding. »Ich bin ein Dschinn. Könnt Ihr das nicht erraten?« In einer seiner Klauenhände hielt er eine Messinglampe, doch mit der anderen wies er auf seinen juwelengeschmückten Turban und seine prächtigen Gewänder aus hauchzarten Stoffen.

»Du, ein Dschinn? Aber du siehst überhaupt nicht aus ...« Prinzessin Nour unterbrach sich. Die einzigen anderen Dschinns, die sie kannte, waren Tamar und Khalid. Sie hätte nie gedacht, so bezaubernde Wesen könnten einen so abstoßenden Verwandten haben wie Gamal. Es waren nicht allein sein Gesicht und sein Körper, die ihn so scheußlich machten, sondern die Art, wie jedes Wort, das er sprach, klang wie ein grausamer Hohn. Und seine Miene ließ die Prinzessin an einen der Diener im Palast denken, der beständig bösen Tratsch verbreitete und nur lächelte, wenn jemand zu Schaden kam. »Das heißt, ich meine, du bist so viel eindrucksvoller als jeder Dschinn, den ich je gesehen habe«, setzte sie mühsam hinzu. Er mochte häßlich und abscheulich sein, aber er war auch ein Zauberwesen. Magie konnte Gefahr bedeuten.

Ihre Worte schienen ihn zu erfreuen. »Das bin ich wohl. Ihr seid weise – für eine Prinzessin. Es wird mir ein Vergnügen sein, Euch zu dienen.«

»Ach, ich glaube, das wird nicht nötig sein«, sagte Nour schnell. Sie hatte keinen besonderen Grund, sondern sie wußte einfach, je weniger sie mit Gamal zu tun hatte, desto besser würde es für sie sein. »Das wäre maßlos von mir. Ich habe bereits einen Dschinn.«

»Ich weiß.« Gamal klang gelangweilt.

»Ja?«

»Natürlich. Euer Dschinn ist eine liebe, enge, persönliche Freundin von mir. Oh, sie ist nicht annähernd so mächtig wie ich, aber deshalb halte ich gern ein Auge auf sie.«

Du meist, du spionierst ihr nach, dachte Nour. Sie beschloß, sehr vorsichtig vorzugehen, bis sie Gamal loswerden konnte.

»Ich bin auch ein lieber, lieber Freund von Khalid«, fuhr Gamal fort. »Wir drei sind gemeinsam zur Schule gegangen. Ach, die glückliche Schulzeit! Es bricht mir das Herz zu sehen, was dem armen Khalid zugestoßen ist. Ich finde nicht, daß er für einen einzigen kleinen Fehler so lange leiden sollte, meint Ihr nicht auch?«

Als Gamal Khalids Namen erwähnte, vergaß Prinzessin Nour augenblicklich ihren Vorsatz, ihm zu mißtrauen. Sie zweifelte nicht länger an seiner Ehrlichkeit, als er davon sprach, wie leid ihm das widrige Geschick seines alten Schulkameraden tat. Ein paar dicke Tränen liefen über das Gesicht des häßlichen Dschinns und versickerten. Nours Verstand versickerte mit ihnen.

»O ja, ich finde es furchtbar!« rief sie aus. »Wenn du sein Freund bist, kannst du dann nicht etwas tun, um ihn zu befreien?«

»Leider nicht«, war alles, was Gamal sagte, und zwei weitere Tränen entrannen seinen Augen.

»Hmpf! Dann kannst du dir deine Versprechungen an den Turban stecken.« Nour verschränkte die Arme und zog einen Schmollmund. »Du bietest mir das vollkommene Glück, und dann sagst du, daß du Khalid nicht befreien kannst.«

»Hängt Euer Glück wirklich davon ab, ob er frei ist oder nicht?« Gamal war darauf aus, sie zu überzeugen. »Ihr wäret glücklich, selbst eine Gefangene zu sein, wenn Ihr nur bei ihm sein könntet; das habt Ihr selbst gesagt. Das ist es, was Ihr ersehnt: für immer bei Khalid zu sein. Irre ich mich, meine Dame?«

Als Prinzessin Nour ihre Worte aus dem Munde von Gamal hörte, hielt sie die Idee irgendwie nicht mehr für so gut. »Es wäre netter, wenn wir beide frei wären«, sagte sie.

»Oh, das wäre es! Aber wie soll das möglich sein, teure Dame?« Gamals Lächeln war aalglatt. »Khalid wird nicht eher frei sein, als sein Meister glücklich ist. Sein Meister wird nicht glücklich sein, ehe er eine Prinzessin geheiratet hat. Ihr seid die einzige Prinzessin hier, und wenn Ihr Fürst Haroun heiratet, könnt Ihr nicht auch Khalid haben. Was für ein heikles, heikles Problem.« Er hob eine Klauenhand. »Welch ein Glück für Euch, daß heikle Probleme meine Spezialität sind. Ich möchte Euch so gern helfen.«

Prinzessin Nour beschloß, daß sie – Ungeheuer oder nicht – Gamal eine direkte Antwort entlocken würde, und so fragte sie ihn geradeheraus: »Khalid ist ein alter Freund von dir, nicht ich; wieso hilfst du überhaupt mir? Warum hilfst du nicht ihm?«

»Kluges Mädchen«, schnurrte Gamal. »Zu klug«, grummelte er in seinen Bart. In freundlicherem Tonfall sagte er: »Khalid ist viel zu stolz, um Hilfe von mir anzunehmen. Versteht Ihr, er war nicht ... nicht gerade einer der besten Schüler in unserer Klasse. Ich dagegen war ...

»Ich bin sicher, das warst du«, sagte Nour, begierig, Gamals Prahlereien zu unterbrechen. »In Ordnung, ich glaube dir. Ich muß es tun, denn du bist meine einzige Hoffnung. Was sollen wir machen?«

»Wir können nichts unternehmen, solange du nicht zuerst etwas tust.«

»Was?«

»Was Sterbliche am besten können: Wünsch dir etwas.«

Die Prinzessin war skeptisch. Gamal hatte sie mit den Tränen, die er um seinen »teuren Freund« Khalid vergossen hatte, für sich gewonnen, aber eine kleine Stimme in Nours Hinterkopf hatte zu flüstern begonnen: Kann ein Wesen, das Gold aus dünner Luft erscheinen läßt, nicht ebenso Tränen erscheinen lassen? »Und wenn ich den Wunsch äußere, wirst du ihn mir erfüllen?« wollte sie wissen

Gamal lächelte ihr zu, als wäre sie ein Kind. »Schöne, wie könnte ich? Ihr gebt selbst zu, daß Ihr bereits eine Dschinnie habt, die Euch dient. Sie muß den Wunsch erfüllen, den Ihr aussprecht. Der Rat, der über alle Dschinns und anderen Zauberwesen herrscht, würde meinen Kopf fordern, wenn ich Euch überhaupt Wünsche gewährte.«

»Ich habe drei erhalten«, sagte Nour. »Den ersten habe ich benutzt, damit meine Dschinnie mich auf eine Weise aus meines Vaters Palast wegbrachte, daß niemand bemerkte, daß ich fort war oder sich Sorgen um mich machte. Den zweiten habe ich dafür gebraucht, daß sie uns beiden eine andere Gestalt gab, so daß wir Fürst Harouns Palast als Dienerinnen betreten konnten, weil ... nun, der Grund geht dich nichts an. Ich habe nur noch einen Wunsch übrig. Warum sollte ich ihn vergeuden, nur weil du es sagst?«

»Aber das ist doch gerade das Schöne!« lachte Gamal. »Er wird nicht vergeudet sein, denn ich werde Euch *genau* sagen, wie Ihr ihn formulieren müßt, damit er Euch alles bringt, was Ihr ersehnt. Wer weiß besser als ein Dschinn, wie man möglichst viel aus Wünschen herausholt? Ja, wünscht Euch einfach das, was ich Euch sage, und ich schwöre bei der ganzen Macht von König Salomo, daß Ihr Euer vollkommenes Glück bekommen werdet.«

Nour zog eine Augenbraue hoch. »Das ist ein großes Versprechen.«

»Ich bin auch ein großer Dschinn«, erwiderte Gamal. »Und ich bin Euer Freund. Ich riskiere viel, indem ich Euch dieses Angebot mache. Eigentlich dürfen wir den Menschen nicht beim Wünschen helfen; so sind die Regeln. Wenn der Rat das herausbekommt, stecke ich in Schwierigkeiten. Ach, er ist so furchtbar streng, der Rat, und die Strafen, die er verhängt, sind entsetzlich!« Er verwandelte den unteren Teil seines Körpers in Rauch, so daß er auf Nours Augenhöhe herabsinken konnte, und sagte: »Das Risiko liegt auf meiner Seite, und Ihr könnt nur gewinnen – und Khalid! Werdet Ihr es tun?«

»Ich weiß nicht.« Prinzessin Nour gefiel es nicht, Gamal so direkt in die Augen zu sehen. Es war, als spähe man in zwei riesige gelbe Feuer. »Ich muß darüber nachdenken.«

Gamals Lippen zuckten ungeduldig, doch augenblicklich verwandelte er seine finstere Miene in ein Lächeln. »Nehmt Euch alle Zeit, die Ihr braucht«, sagte er. »Seht! Ich werde Euch sogar ein kleines Geschenk machen, nur um Euch zu beweisen, daß Ihr mir trauen könnt.« Er griff in die Falten seines Gewands und zog einen einfachen Ring hervor. Er war nicht aus Gold oder Silber, sondern aus stumpfem Eisen. Nour hielt dies nicht für ein besonders großherziges Geschenk von einem Wesen, das mit einem Augenzwinkern alle Schätze der Welt erscheinen lassen konnte.

Gamal schien ihre Gedanken zu lesen. »Nein, auf den ersten Blick ist er nichts Besonderes«, sagte er. »Aber ich versichere Euch, dieser Ring besitzt große Macht. Er ist im Brunnen der Ewigen Liebe gebadet worden.«

»Vom Jungbrunnen habe ich gehört«, gestand Nour und besah sich den Ring aufmerksam. »Aber noch nie vom Brunnen der Ewigen Liebe.« Sie starrte Gamal mißtrauisch an. »Wenn ich ihn überstreife, wird er mich doch nicht zwingen, mich in jeden zu verlieben, der ihn mir gibt, oder?«

»Gott bewahre!« Gamals Lächeln wurde ein wenig verkniffener. »Niemand kann Liebe erzwingen, nicht einmal durch Magie. Aber wenn Ihr jemanden dazu bewegen könnt zu sagen, daß er Euch liebt, dann gebt ihm diesen Ring zu tragen. Seine Liebe wird niemals schwinden; sie wird ewig sein wie die Sterne, die am Himmel kreisen.« Er legte den Ring in seine Handfläche und hielt ihn ihr hin. »Werdet Ihr mir die Ehre erweisen, dieses Geschenk anzunehmen und über das andere Angebot nachzudenken, das ich gemacht habe?«

Nour zögerte, dann nahm sie den Ring von Gamals Handfläche, als sei er rotglühend. Er sah riesengroß aus, doch als sie ihn an den Finger steckte, schrumpfte er, bis er perfekt saß. Ein seltsamer, pulsierender Goldglanz schien einige Augenblicke von dem Ring auszugehen, und einen Moment glaubte Nour, eine klagende Stimme zu hören, die ihr ins Ohr rief: »Frei! Laß mich frei!«, doch dann verschwanden die Stimme und der Glanz. Sie wagte es, Gamal in die Augen zu sehen und sagte: »Ich danke dir.« Sie klang ganz und gar nicht überzeugt.

Gamal tat so, als hätte sie ihm eine Stunde lang die aufrichtigsten Dankeshymnen der Welt dargebracht. Er verneigte sich, bis seine breite Stirn benahe den Boden berührte, und beschwor sie, sich jede Zeit zu nehmen, die sie brauchte, um über sein Hilfsangebot nachzudenken. »Wenn Ihr Euch entschieden habt und mich zurückholen möchtet, braucht Ihr mich nur bei meinem Namen zu rufen. Lebt wohl, teure Dame, und mögt Ihr alles bekommen, was Euer Herz jemals ersehnt.« Mit diesen Worten war er verschwunden.

Prinzessin Nour blieb eine Weile stehen, wo sie war, und dachte über das nach, was soeben geschehen war. Sie konnte den Blick nicht von dem eisernen Ring wenden. Er hatte etwas an sich, das ihre Haut jucken ließ; und ihr Kopf schmerzte ebenfalls.

»Vielleicht sollte ich mit meiner Dschinnie über diesen Gamal und sein Geschenk sprechen«, sagte sie, laut denkend. »Dschinns sind bekannt dafür, daß sie Menschen Streiche spielen, und ich traue ihm immer noch nicht.« Sie grübelte eine Weile und setzte dann hinzu: »Nein. Nein, ich glaube, ich werde dieses Geheimnis für mich behalten. Falls Gamal die Wahrheit sagt, ist dieser Ring wertvoller als Gold. Und woher soll ich wissen, ob ich meiner Dschinnie mehr über den Weg trauen kann als Gamal? Sie liebt Khalid ebenfalls. Wenn ich sie wegen dieses Rings frage, lügt sie vielleicht und erzählt mir, er sei wertlos, nur um ihn für sich zu behalten und für ihre Zwecke einzusetzen!« Nour seufzte. »Das ist das Problem mit den Dschinns: Manchmal sind sie so schlecht wie wir Menschen.«

Sind wir nicht! zirpte der Ring empört, aber Prinzessin Nour hatte sich wieder ihrem Abwasch zugewandt und hörte es nicht. Sie steckte die Hände ins Wasser und konnte nicht bemerken, daß eine kleine Spur von Luftblasen gurgelnd dem Eisenring entwich und sich mit dem Seifenschaum mischte, der schon im Spülbecken schwamm.

10

Im Gemach der Zehntausend Fasane hörte Khalid sich an, was sein Meister zu sagen hatte, während er versuchte, dabei ernst zu bleiben. Über seinen Meister zu lachen, wäre grob unhöflich gewesen und nicht die Art von Benehmen, die man von einem professionellen Dschinn erwartete. Außerdem war Fürst Haroun mit einemmal äußerst freundlich zu ihm. Er forderte den Dschinn sogar auf, sich auf einem der mit grünem Damast bezogenen Diwane auszustrecken und sich eine Schale Scherbett aufzutun. Wenn Khalid seinen Meister jetzt auslachte, würde das wahrscheinlich die Rückkehr in die Tretmühle bedeuten, die Erfüllung mehrerer Dutzend neuer Wünsche und keinen Scherbett mehr.

Der Scherbett schmeckt vorzüglich – Limone-Pekannuß, Khalids Lieblingssorte. Der Dschinn nahm sich eine zweite Portion und fragte: »Und wann hast du beschlossen, daß deine neue Dienstmagd in Wirklichkeit eine verkleidete Prinzessin ist?«

»Ich habe *gar nichts* beschlossen«, gab Haroun zurück. »Sie ist, was sie ist!«

Dem konnte man nichts mehr entgegenhalten. Khalid leckte seinen Elfenbeinlöffel ab und klimperte damit auf den Rand der reifüberzogenen silbernen Schale. »Was ich damit sagen wollte, o Meister, ist folgendes: Wieso bist du so sicher, daß sie eine Prinzessin ist? Selbst in den besten Häusern dieser Stadt hält sich niemand eine Prinzessin, um die schmutzigen Teller zu waschen.«

Haroun verdrehte die Augen, als rufe er den Himmel zum Zeugen dafür an, mit welch einem Holzkopf von Dschinn er geschlagen war. »Ja, natürlich lebt keine *normale* Prinzessin in einem fremden Palast und spült schmutzige Teller!«

»Ich verstehe«, sagte Khalid. »Wir haben es also mit einer *unnormalen* Prinzessin zu tun.«

Haroun stieß einen Laut hervor wie ein Tiger, der sich soeben in einen Dornbusch gesetzt hat. »Wir haben es in diesem Falle mit einer *verwunschenen* Prinzessin zu tun! Man sollte doch meinen, daß unter allen Kreaturen gerade du Magie erkennen würdest, wenn sie unter demselben Dach wohnt wie du. Ach, das ist die Gelegenheit meines Lebens! Prinzessinnen lassen sich *immerzu* verzaubern. Du weißt ja, wie das ist: Dreh ihnen einen Augenblick den Rücken zu, und die Hälfte von ihnen wird in Frösche verwandelt, und die andere Hälfte spült Geschirr.«

»Was für ein Glück, daß wir es nicht mit einer Froschprinzessin zu tun haben.« Khalid beugte sich vor und hielt Haroun seinen Teller hin. »Dürfte ich bitte noch etwas Scherbett haben?«

Haroun war so von seinem großen Glück erfüllt, daß er Khalid mit eigenen Händen bediente. »Das ist wunderbar, wunderbar!« rief er aufgeregt aus. »Ein böser Zauberer hat einen Zauber über die Dame geworfen. Wahrscheinlich ist der Großwesir selbst dafür verantwortlich. In solchen Fällen ist es für gewöhlich der Großwesir. Er wollte sie heiraten, aber sie hat ihn zurückgewiesen, weil sie ihn nicht liebte. Also hat er sie von einem bösen Zauberer in eine einfache Dienstmagd verwandeln lassen. Der Zauber ist mächtig, aber er kann gebrochen werden durch ... durch ...« Haroun rang verzweifelt nach einer Lösung, aber ihm fiel keine ein. Er wandte sich an Khalid. »Wie *kann* dieser Zauber gebrochen werden?«

»Woher soll ich das wissen?« erwiderte der Dschinn, den Mund voll Limonen-Pekannuß-Scherbett.

Ein Klecks Scherbett, abgeschossen von Fürst Harouns Löffel, traf Khalid genau zwischen die Augen. »Was meinst du mit ›woher soll ich das wissen‹, du elende, nichtswürdige Rauchwolke?« Haroun sprang mit zornrotem Kopf von seinem Sofa auf. »Du bist ein *Dschinn*! Dschinns haben alles über Zaubersprüche und Verwünschungen zu wissen!«

»Eines kann ich dir jedenfalls sagen«, meinte Khalid und wischte sich den Scherbett aus den Augen. »Einen Zauber kannst du niemals brechen, indem du einen Koller kriegst. Ein Fenster schon; einen Zauber nicht.«

»Oh.« Harouns Schultern sanken herab. »Ich entschuldige mich. Aber ach, mein Freund, wenn du nur wüßtest, wie erschüttert ich bin!« Er faltete die Hände über dem Herzen. »In dem Moment, als ich ihr Gesicht gesehen habe, habe ich sie als das erkannt, was sie war, und sie von diesem Augenblick an geliebt. Dieses Gesicht, so voll königlicher Schönheit! Niemand anderes als eine echte Prinzessin könnte solch ein Gesicht haben.«

Khalid dachte an all die Bilder von Prinzessinnen, die Meister Ismael in der Klasse gezeigt hatte, als sie *König Salomo und seine Freunde, Band 101: Besondere Anforderungen königlicher Wünsche* durchgenommen hatten. Manche der echten Damen waren dick gewesen, manche dünn, einige dunkel, andere blond, einige so lieblich wie die Morgenröte und wieder andere schwer von ihren Schoßäffchen zu unterscheiden. (In seinem Herzen trug Khalid es immer noch den eher seltsam aussehenden Prinzessinnen nach, daß er den Kater Boabdil für ein menschliches Wesen gehalten hatte; erstens war der Kater hübscher gewesen als einige von ihnen, zweitens auch anmutiger als die meisten und drittens weniger behaart als andere.) Falls es so etwas wie eine spezielle Physiognomie gab, die einem entgegenschrie »achte nicht auf die schmutzigen Teller; ich bin in Wahrheit eine Prinzessin«, dann war sie Khalid entgangen.

Wenn sein Meister jedoch glauben wollte, eins der neuen Hausmädchen sei eine verwunschene Prinzessin, würde er kein Wort dazu sagen.

Oder? Er würde doch ein Wort sagen, sogar mehrere. Diese Chance war zu gut, um sie sich entgehen zu lassen. »O mein Meister«, sagte er, stieg von seinem Diwan in die Luft und glitt hinüber zu dem von Liebe geschlagenen Sterblichen. »Deine Worte lassen mein Herz vor Freude überfließen. Nicht jeder Mann ist so weise, daß er eine echte Prinzessin erkennt, wenn sie durch die Zaubersprüche des Großwesirs so gründlich verwandelt worden ist.«

»Eines bösen Zauberers«, verbesserte Haroun. »Der böse Großwesir *bezahlt* den bösen Zauberer für seine Zaubersprüche .«

»Meinetwegen. Wie ich schon sagte, ich weiß schon lange, daß deine Weisheit größer ist als die von König Salomo selbst. Wenn jemand den Zauber brechen kann, dann du. Deswegen habe ich diese unglückliche Prinzessin in dein Haus gebracht.«

»Du, Khalid? Du bist derjenige, der sie hergebracht hat?« fragte Haroun mit weit aufgerissenen Augen. »Aber ich dachte, es sei die Aufgabe des alten Yazid, neue Dienstboten einzustellen.«

Khalid setzte ein geheimnisvolles Lächeln auf. »Um einem guten, lieben, freundlichen Meister zu Gefallen zu sein, dachte ich, daß ich diesmal eine bessere Wahl treffen könnte als der alte Yazid. Es sollte ... eine kleine Überraschung für dich sein.«

»Oh, bester aller Dschinns, jetzt erkenne ich deinen Plan! Wie klug du bist! Du hast die verwunschene Prinzessin hierhergebracht, damit ich den Zauber brechen kann, der über sie verhängt ist, und sie sich um meiner selbst willen in mich verlieben kann. Mein Herzenswunsch wird erfüllt werden!«

»Meiner auch«, murmelte Khalid. Laut sagte er: »Und wenn dein Herzenswunsch erfüllt ist, o Meister, darf ich dann zu hoffen wagen, daß du dich an dein Versprechen mir gegenüber erinnerst?«

»Zweifle niemals daran!« rief Haroun aus. »Sobald meine Prinzessin mir ihre Liebe gesteht, werde ich dir die Freiheit schenken. Noch mehr, ich *wünsche* mir hier und jetzt, daß – sobald die Prinzessin sagt: ›Ich liebe Euch, Fürst Haroun‹ – meine nächsten Worte sein sollen: ›Ich wünsche Khalid frei.‹ Was kannst du mehr verlangen?«

»In der Tat, nichts«, sagte der Dschinn. »Ich höre und gehorche.« Die Luft zwischen ihnen schimmerte einen Moment auf, als Harouns Wunsch offiziell in die unsichtbaren Bücher eingetragen wurde, wo solche Dinge verzeichnet stehen.

Haroun rieb sich die Hände. »Nun werde ich zu ihr gehen und von Liebe sprechen. Oh, nicht sofort – solche Dinge müssen Schritt für Schritt angegangen werden. Für den Anfang werden wir über das Wetter reden.«

»Eine ausgezeichnete Idee, o mein Meister«, sagte Khalid. »In letzter Zeit haben wir ziemlich viel Wetter gehabt.«

Verloren in seinem Traum von romantischer Liebe,

achtete Haroun nicht weiter auf die Worte des Dschinns, sondern fuhr fort: »Es wird genauso sein wie in den Geschichten – nein, besser noch! Ich werde sie nicht wissen lassen, daß ich ihre wahre Identität kenne; nicht gleich. Und ich will auch nicht, daß sie mich nur liebt, weil ich derjenige sein werde, den ihren Zauber bricht. Übrigens, Khalid, ich nehme nicht an, daß ich einfach wünschen könnte, daß der Zauber gebrochen wird?«

Khalid schüttelte den Kopf. »Wir Dschinns können unsere Wünsche nicht gegeneinander benutzen oder gegen die Zaubersprüche sterblicher Magier. Das wäre geschummelt. Aber ich glaube, es gibt nach den Geschichten zu urteilen nur eine begrenzte Anzahl Möglichkeiten, solche Zauber zu brechen.«

»Ja, ja; die übliche Methode ist ein Kuß. Ich denke, damit komme ich klar.«

»Aber … angenommen, es ist nicht die richtige?« warf Khalid ein. »Ich habe ein paar Geschichten gehört, in denen ein Kuß nur dazu dient, den Zauberbann zu festigen. Meine Güte, es gibt sogar eine Geschichte, in der ein Kuß zur Unzeit dafür sorgt, daß die Prinzessin sich in den *nächsten* Mann verliebt, dem sie begegnet. Zurück blieb der erste Freier, der auf entsetzliche Weise an gebrochenem Herzen starb.«

»Auf entsetzliche Weise?« Harouns Kinn zitterte.

»Oh, äußerst entsetzlich; daran gibt es keinen Zweifel. Man sagt, daß in der Wüste noch heute seine gebleichten Knochen liegen.«

Haroun versuchte so zu klingen, als nehme er die ganze Geschichte auf die leichte Schulter, und sagte: »Es gibt keine Geschichten, in denen der Mann der Prinzessin mitten in der Wüste begegnet!«

Khalid grinste süffisant. »Weiß ich. Er ist danach in

die Wüste gezogen, um sein gebrochenes Herz zu vergessen. Sein Kamel hat ihn gefressen.«

»Kamele fressen doch keine ...«

»Dies war ein Sonderfall, und ein äußerst reizbares Kamel.« Der Dschinn klang so selbstsicher, daß Haroun glauben mußte, er spreche die Wahrheit. »Bei allem Respekt, o mein Meister, ich bin schon so viel länger auf der Welt als du, daß ich deinem Ur-Ur-Ur-Ur-Urgroßvater die Windeln hätte wechseln können. Nicht, daß mir das in den Sinn gekommen wäre. Ich habe mehr Geschichten vergessen, als du jemals hören wirst, und jede einzelne davon war über verwunschene Prinzessinnen und darüber, wie man den Zauberbann brechen kann, der sie fesselt. Es war falsch von mir, mich vorhin dumm zu stellen. Ich wollte bloß in Ruhe meinen Scherbett essen. Die ganze Wahrheit ist, wenn es um verwunschene Prinzessinnen geht, bin ich Experte.«

»Wirklich?« Harouns Stimme hob sich hoffnungsvoll. »Dann ... dann weißt du bestimmt, wie man den Zauberbann bei dieser bricht! Sag es mir sofort! Ich sage dir, ich befehle dir, ich *wünsche*, daß du es tust!«

»Ich höre und gehorche, Meister«, sagte Khalid; und er schwebte zurück zu seinem Diwan und sagte eine lange, lange Weile nichts mehr.

»Nun?« fragte Haroun, nachdem der Dschinn zwei weitere Teller Sherbett verputzt hatte. »Ich warte!«

»Nur zu«, sagte Khalid unbeeindruckt. »Ich habe deinen Wunsch gehört. Während wir noch miteinander sprechen, bin ich dabei, ihn zu erfüllen.«

»Ich sehe nur«, meinte Haroun unwirsch, »daß du auf *meinem* Diwan in *meinem* Palast sitzt und *mein* ganzes Limonen-Pekannuß-Scherbett auffutterst. Du solltest mir lieber verraten, wie ich den Zauber brechen kann, der auf meiner geliebten Prinzessin liegt.«

»Ja«, sagte Khalid. »Das werde ich auch. Sobald es mir wieder einfällt.« Er knabberte an der Spitze seines Elfenbeinlöffels, betrachtete die Deckenmalereien des Gemachs der Tausend Fasane und summte aufreizend eine kleine Melodie vor sich hin.

Fürst Haroun begann zu fluchen.

»O mein Meister, warum bedienst du dich solcher Sprache? Du machst mir nur die Arbeit schwer.« Khalid legte seinen Scherbett-Teller und den Löffel ab. »Ich habe die Antwort, die du suchst, doch das Gedächtnis ist wie die Karawane eines Händlers: jeder Schatz, vom größten bis zum kleinsten, ist an den richtigen Platz gepackt worden. Dort wartet er darauf, daß der Kaufmann sich erinnert, wo genau er ihn hingetan hat – ist er in dieser Satteltasche oder in jener Truhe? Liegt er in dieser Stahlkassette verschlossen, oder hat er ihn in jenes Taschentuch gewickelt und in die Tasche gesteckt? Er kann ihn finden, aber nicht sofort; nicht wenn *gewisse Leute* ihm über die Schulter sehen und ihn die ganze Zeit schreiend zur Eile antreiben.«

»Weise Kaufleute notieren sich, wohin sie ihre Sachen packen«, sagte Haroun mit giftigem, scharfen Unterton.

Zu Harouns Verblüffung fuhr Khalid wie ein Wirbelwind von seinem Diwan hoch und riß seinen Meister in eine freudige Umarmung. »Ah! Die Mächte seien Zeuge, daß ich wahr gesprochen habe, als ich meinen Meister weiser genannt habe als König Salomo selbst«, rief der Dschinn aus. »Eine Notiz! Ja, natürlich, das ist es! Oh, die Prinzessin ist schon so gut wie gerettet! Lade die Hochzeitsgäste, ruf die Musiker, bestell das Hochzeitsmahl, denn du wirst deine königliche Braut bekommen, ehe du weißt, wie dir geschieht!« Khalid, immer noch mit Haroun auf dem Arm, ließ eine blaugrüne Rauchwolke aufsteigen, die sie beide einhüllte.

»Wo sind wir?« fragte Haroun hustend, als der Rauch sich verzog und Khalid ihn endlich absetzte.

»Mußt du noch fragen, o mein Meister?« Der Dschinn wies auf die Wände des Raums, in dem sie jetzt standen. Vom Boden bis zur Decke gab es dort nichts außer wohlgefüllten Bücherregealen, und der Boden selbst war ein Labyrinth von hochaufgestapelten Bücherkisten. Vor den Fenstern standen ein Tisch, eine Leselampe und ein einzelner bequemer Sessel. Sogleich zog Khalid ein Buch aus einem der Regale und ließ sich dort hineinfallen.

»Was machst du da?« Haroun stand mit verschränkten Armen vor seinem Dschinn und wippte mit dem Fuß.

Khalid blickte von dem Buch auf seinem Schoß auf und lächelte milde. »Ich gehorche deinem Wunsch, o mein Meister. Ich suche den Weg, um den Zauberbann deiner Prinzessin zu brechen. Diese Bibliothek enthält alle Geschichten über verwunschene Prinzessinnen, die jemals erzählt worden sind. Diese Bücher werden meinem Gedächtnis nachhelfen, wie die Notizen, die der weise Kaufmann sich beim Packen macht. Ich werde nicht allzu lange brauchen – ich lese schnell – *vorausgesetzt, ich werde nicht gestört!* Darf ich jetzt bitte wieder an die Arbeit gehen?«

»Ach.« Haroun blickte schuldbewußt drein. »Gewiß, gewiß. Laß dich von mir nicht aufhalten, o ausgezeichnetster aller Diener. Ich entschuldige mich, daß ich dich mit dummen Fragen belästigt habe.« Er schickte sich an, die Bibliothek zu verlassen. »Ähem ... du sagtest, dies würde nicht sehr lange dauern?«

»Nicht, wenn man mich in Frieden läßt«, erwiderte Khalid. »Mach dir keine Sorgen, o mein Meister; ich werde dich sogleich rufen, wenn ich die Lösung gefunden habe. Oder wenn ich etwas brauche.« Er schnippte mit den Fingern, und ein silberfarbenes Glöckchen in Form einer Lilie erschien auf dem Tisch. »Ich werde nach dir läuten. Inzwischen ... sagtest du nicht etwas davon, daß du gehen und mit deiner Prinzessin sprechen wolltest?«

»O ja. Das hätte ich beinahe vergessen. Wie dumm von mir. Ja, ich wollte mit ihr einfach über ... über ...«

»... das Wetter reden«, erinnerte ihn der Dschinn.

»Ja, ja, ja, stimmt, das Wetter.« Haroun stolperte fast über seine eigenen Füße, als er aus dem Raum ging. Das letzte, was Khalid von ihm hörte, war, wie sein Meister zur Probe Sätze vor sich hinsprach wie: »Die Hitze ist gar nicht so schlimm, aber die Feuchtigkeit; meint Ihr nicht auch?« und »Ich persönlich glaube nicht, daß der Regen dem Rhabarber schaden wird.«

Sehr zufrieden mit sich selbst lehnte Khalid sich mit einem guten Buch in seinen Sessel zurück. »Perfekt«, sagte er zu sich. »Endlich ein bißchen Urlaub. Eine Woche wird reichen, oder zwei. Dann werde ich mich weiter über das Hausmädchen informieren, in das mein Meister sich anscheinend verguckt hat. Wenigstens ist er nicht mehr in Tamar verliebt.«

Bei dem Gedanken an sie blickte er von seinem Buch auf und sah aus dem Fenster. Dort lag ein hübscher kleiner Garten, einer von vielen im Inneren der Palastmauern. Der Duft blühender Persimonenbäume erfüllte die Luft. Zwischen Reihen von Gardenienbüschen streiften weiße Gazellen umher und fraßen den Großteil der Blüten. In den Wedeln hoher Palmen schaukelten Papageien und wetteiferten mit ihren Schreien darum, wer die Gazellen am höchsten springen lassen konnte. Es war alles sehr schön und eindrucksvoll, doch Khalid nahm nichts davon wahr.

Eine Vision von Tamars Gesicht schwebte über dem kleinen Garten, und verglichen mit ihrer Schönheit verblaßte alles andere. Ihr Lächeln traf ihn direkt ins Herz. Es schmerzte so sehr, daß er wegsehen und sich zwingen mußte, an andere Dinge zu denken.

»Könnte dieses Hausmädchen tatsächlich eine verwunschene Prinzessin sein?« fragte er sich. Ein triumphierendes Lächeln erhellte sein Gesicht. »Ha! Darauf kommt es gar nicht an. Wenn sie eine Prinzessin *ist*, wird ein Kuß den Zauber brechen – das tut er immer, obwohl ich meinem Meister etwas anderes erzählt habe – und er kann sie heiraten. Für einen Sterblichen ist er gar nicht so übel, warum sollte sie also etwas dagegen haben, ihn zu heiraten? Dann werde ich frei sein. Und wenn sie *keine* Prinzessin ist« – Khalids Lächeln wurde noch strahlender – »wenn sie keine Prinzessin ist, kommt es ebenfalls nicht darauf an, denn dann werde ich meine Zauberkraft gebrauchen, um sie in eine Prinzessin zu verwandeln. Ich weiß, daß sie nichts dagegen haben wird – welches Hausmädchen wäre unglücklich darüber, eine Schüssel schmutziger Teller gegen ein Leben in Luxus einzutauschen? –, und mein Meister wird nie darauf kommen. Nicht einmal der Rat wird in der Lage sein, irgendeine Regel der Magie zu finden, die dagegen spricht. Er hat sich eine Prinzessin gewünscht, und eine Prinzessin soll er haben! Und ich – ich werde meine Freiheit erlangen.«

Khalid lachte fröhlich in sich hinein und begann, in seinem Buch zu blättern. Er freute sich auf seinen wohlverdienten zweiwöchigen Urlaub.

11

»Zwei Wochen«, stöhnte Khalid, der mit dem Kopf nach unten von der Küchendecke hing. »Zwei elende Wochen wie im tiefsten Schlund des ewigen Fegefeuers! Weh mir, nicht mal der Rat selbst könnte sich so eine teuflische Strafe ausdenken, wie es die letzten zwei Wochen gewesen sind!«

Der Kater Boabdil, der auf einer wilden Jagd nach einer dicken Maus durch den Küchentrakt raste, hörte die Stimme aus der Höhe und blieb wie angewurzelt stehen. Als er nach oben blickte, sah er nur die Bündel frischer Kräuter, die an den Dachsparren zum Trocknen aufgehängt waren. Er zuckte mit den Schnurrhaaren, zuerst verblüfft, und dann, um seine ausgezeichnete Nase die verschiedenen Geruchsschichten untersuchen zu lassen, bis er entdeckte ...

»Ach, du bist das, Khalid«, sagte er zu einem dicken Bündel staubigen grünen Thymians. »Was machst du da oben, als Salat verkleidet?«

»Ich verstecke mich«, erwiderte der Thymian.

»Hmmm.« Boabdil mußte nicht nach dem Offensichtlichen fragen. Er wußte, wovor Khalid sich verbarg. Der ganze Haushalt wußte es, sogar der alte Yazid, und der bemerkte nie etwas, außer, wenn das Abendessen zu spät auf den Tisch kam. »Sie ist immer noch hinter dir her, was?«

»Tag und Nacht.« Der Thymian schüttelte sich und verlor eine Handvoll Blätter. Dann gab Khalid seine Verkleidung auf und nahm seine ursprüngliche Gestalt wieder an. Immer noch mit dem Kopf nach unten hängend, erzählte er dem Kater von seinem Unglück.

»Zuerst war ich so voller Hoffnung! Ausschließlich durch Gebrauch meines Köpfchens hatte ich mir ein wenig Zeit erkauft, in der ich frei von den ewigen Wünschen meines Meisters sein würde. Wie konnte ich ahnen, daß *sie* davon erfahren würde? Einen, höchstens zwei Tage erfreute ich mich meiner Freiheit, bis sie hörte, daß ich in der Bibliothek arbeitete. Gerade zwei Tage des Vergnügens, in denen ich kommen und gehen konnte, wie es mir gefiel, mit allen Büchern, die ich nur lesen wollte – ich habe Bücher schon immer gern gemocht, Boabdil –, mit der Erlaubnis, mir alles zu essen und zu trinken bringen zu lassen, was ich wollte. Mein Meister war so erpicht darauf, daß ich mit meiner Aufgabe vorankam, daß er sagte, ich könnte eine eigene Dienerin bekommen, die für meine Wünsche da sei! *Meine* Wünsche!«

»Und natürlich hast du, da du über Wünsche am besten Bescheid weißt, deinen Meister gebeten, der Dienerin auch ein wenig freie Zeit zu lassen?« schnurrte Boabdil boshaft.

Khalid warf ihm einen finsteren Blick zu, aber mit dem Kopf nach unten sah es aus wie die Karikatur eines Lächelns. »Diese Dienerin brauchte keine Freizeit mehr, sobald sie erfahren hatte, wem sie dienen sollte. In dem Moment, als sie meiner ansichtig wurde, fing sie an ... fing sie an ...« In der Erinnerung wurde sein Gesicht kalkweiß.

»... Gedichte aufzusagen«, beendete Boabdil den Satz an seiner Stelle. »Wir wissen es. Wir haben sie alle gehört.«

»*Liebes*gedichte!« Khalid stieß einen erstickten Laut aus. »Romantische Verse, geschrieben von den Meistern des Genres, nichts weniger. Sie hat auch Liebeslieder gesungen. Wußtest du, daß sie ganz allein die Laute spielen kann?«

»Ich habe noch nie gehört, daß mehrere Leute auf einer Laute spielen«, murmelte der Kater.

Khalid hörte die spitze Bemerkung nicht. »Wo kann eine gewöhnliche Dienerin solche Dinge aufschnappen?«

Die Schnurrhaare des Katers bogen sich zu einem unnatürlichen Grinsen nach oben. »Eine *gewöhnliche* Dienerin kann das nicht. Was sagt dir das, mein Freund? Denk mal nach.«

Khalid dachte nach. Alle Möglichkeiten zogen durch seine Gedanken, bis ... »O nein. Nein!« Mit einem Salto kam er von der Decke herunter und landete auf den Knien vor dem Kater. »Sag mir, daß es nicht so ist, Boabdil! Sag mir, daß sie es nicht ist ... daß sie es nicht sein kann ... daß ihre Freundin die echte ist ...«

»Die verwunschene Prinzessin?« Boabdil putzte sich mit einer Pfote. »Nein. Das ist keine von ihnen.«

Khalid fiel um wie ein gefällter Baum. Der Kater mußte blitzschnell aus dem Weg springen, um nicht zerquetscht zu werden. Während er den schluchzenden Dschinn umkreiste, setzte Boabdil hinzu: »Wenn es dich irgendwie tröstet, sie ist tatsächlich eine Prinzessin. Nicht eigentlich verwunschen – ich schätze, es zählt nicht, wenn sie sich selbst hat verzaubern lassen, ohne Zuhilfenahme eines heimtückischen Magiers und eines bösen Großwesirs –, aber deswegen ist sie immer noch eine Prinzessin.«

»Sie?« Khalid hob den Kopf vom Boden. »Du meinst, die, die hinter mir her ist, ist die Prinzessin?«

»Allerdings.«

»Und die andere – die, der mein Meister die letzten zwei Wochen den Hof gemacht hat, ist ...?«

»Keine Prinzessin. Tatsächlich ist sie ...«

Khalid wollte nichts mehr hören. »Ach, was kommt es darauf an, wer oder was diese ist? Sie kann mir immer noch für meine Zwecke nützen. Ich werde sogleich zu ihr gehen, Boabdil, und ihr ein sehr großzügiges Angebot machen: Sie soll meinen Meister heiraten, nichts von ihrer wahren Identität verraten, und sobald er mich freigelassen hat, werde ich sie in eine waschechte Prinzessin verwandeln, verwunschen oder nicht. Ha!« Er setzte sich auf und verschränkte triumphierend die Arme. »Daran hätte ich eher denken sollen. Was könnte einfacher sein?«

Katzen können nicht kichern, aber Boabdil brachte etwas sehr Ähnliches zustande. »Ich kann dir dieses Verfahren nicht empfehlen, mein Freund. Das Ergebnis würde dir nicht gefallen.«

»Und wieso nicht?« Diesmal funktionierte Khalids finsterer Blick richtigherum. »Wer bist du, daß du mir sagen willst, wie ich meine Magie gebrauche? Du bist bloß ein Kater!«

»Bloß ein Kater.« Boabdil wiederholte die Bezeichnung auf eine Weise, die sie großartiger und ehrfurchtgebietender klingen ließ als die einhundert nichtssagenden Titel eines Königs. »Aber ein Kater, der genug Dschinns kennengelernt hat, um zu wissen, daß außer in einem Kampf mit magischen Mitteln der Zauberspruch eines Dschinns gegen den eines anderen nichts ausrichten kann.«

»Den Zauber eines anderen Dschinns?« Khalid blickte offensichtlich nicht mehr durch. »Das Hausmädchen, das mein Meister liebt, ist *keine* Prinzessin, aber sie *ist* verwunschen? Welcher Dschinn würde wohl ein Hausmädchen verzaubern wollen?«

»Sagt dir der Name Tamar irgend etwas?« Boabdil amüsierte sich glänzend. Es lag in der Natur von Katzen, mit ihrer Beute zu spielen, die Mäuse, die sie fingen, mit der Illusion einer Fluchtmöglichkeit zu quälen. Ein paar Mäuse entkamen tatsächlich, aber das schönste an diesem Spiel war das Spielen, nicht das Gewinnen. Jetzt hatte Boabdil entdeckt, daß das Katz-und-Maus-Spiel sich ebensogut als Katz-und-Dschinn-Spiel spielen ließ.

»Tamar!« Der schockierte Ausdruck auf Khalids Gesicht war sehr befriedigend. »*Sie* hat das Mädchen verzaubert?«

Boabdil beschloß, daß es an der Zeit war, seine Beute laufen zu lassen. »Sie *ist* das Mädchen, o mein Freund.«

Khalids Aufschrei war so laut, daß er den alten Yazid in die Küche lockte, um zu fragen, ob das Abendessen schon fertig sei. Aber alles, was er dort sah, war der Kater seines Herrn, der neben einem ziemlich ramponierten Bund Thymian saß. Grummelnd ging der Alte hinaus.

Sobald der alte Yazid fort war, kehrte Khalid in seine wahre Gestalt zurück. »Tamar! Ach, wie ist es möglich, daß sie es ist? Es war schon schlimm genug, daß mein Meister sich in sie verliebt hat, als sie sie selbst war, aber daß er sie auch in einer anderen Gestalt liebt ...!« Der Dschinn sah aus wie ein schiffbrüchiger Seemann, dem die Wellen übel mitgespielt haben. »Warum ist sie zurückgekommen?«

»Das sollte doch offensichtlich sein.« Boabdil setzte eine überlegene Miene auf, überlegen sogar für die Verhältnisse eines Katers. »Sie versucht dich zu befreien, indem sie deinem Meister das Eine verschafft, was er ersehnt: eine Prinzessin.« Der Kater ließ ein wenig die Schnurrhaare hängen und setzte hinzu: »Leider hat sich ihr Plan anscheinend nicht so entwickelt, wie sie erhofft hatte.«

Eine Träne rollte Khalid die Wange herunter. »Jetzt werde ich niemals frei sein.«

Boabdil sprang dem Dschinn auf den Schoß, und von dort aus auf die Schulter. Er schnurrte so laut er konnte, um ihm Trost zu spenden, und wischte die Träne mit einer samtigen Pfote ab. »Verzweifle nicht, mein Freund. Die Hoffnung darf niemals sterben.«

»Warum sollte ich hoffen?« fragte Khalid mit hohl klingender Stimme. »Was habe ich denn noch zu erwarten?«

Boabdil schnaubte. »Mehr als die meisten armen Sterblichen! Wenn du bloß aufhören würdest, dir selbst leid zu tun, könntest du das vielleicht erkennen. Du Esel, du wirst geliebt! Wie viele Wesen – sterblich oder magisch – sind so glücklich, das von sich sagen zu können? Tamar liebt dich, und meine Nase soll ihren Geruchssinn verlieren, wenn du sie nicht ebenfalls liebst.« Der Kater legte den Kopf auf die Seite. »Du liebst sie doch, oder?«

»Von ganzem Herzen«, seufzte der Dschinn.

»Na also!« Boabdil war erfreut. »Zwei Herzen mit einem einzigen Streben, zwei Wesen von großer Zauberkraft mit einem Ziel – was kann euch beide aufhalten? Es sei denn eure eigene Dummheit. Geh zu ihr, mein Freund. Sag ihr, wie es um dein Herz steht. Spar dir deinen Stolz für einen anderen Tag auf. Nach allem, was sie für dich getan hat, bist du ihr soviel Aufrichtigkeit schuldig.«

Zum erstenmal seit beinahe zwei Wochen sah Khalid wirklich froh aus. »Boabdil, du hast recht. Ich werde tun, wie du sagst, Tamar meine Liebe gestehen, und sehen, ob wir gemeinsam nicht endlich die Kette aus Wünschen zerbrechen können, die mich an Fürst Harouns Dienst bindet. Ach, wer hätte gedacht, daß ich – der beste Schüler aus Meister Ismaels Klasse – Weisheit von einer Katze lernen müßte?«

»Du könntest sie von keinem besser lernen«, schnurrte Boabdil. Er stupste mit dem Kopf an Khalids Wange. Genau in diesem Moment spähte Prinzessin Nour um den Rand einer der großen Küchentüren. Sie trug eine Laute und starrte Khalid mit einer furchtbaren Sehnsucht in ihrem Blick an.

»Oh, oh«, sagte der Dschinn.

Boabdil stupste ihn noch einmal an. »Wage es nicht zu verschwinden. Tamar ist nicht die einzige, der du Aufrichtigkeit schuldest. Ohne Hoffnung zu leben ist grausam, doch grausamer ist es zuzulassen, daß jemand mit einer falschen Hoffnung lebt.«

Khalid sah Nour in die Augen und schluckte schwer. Er setzte den Kater auf den Boden, stand auf und ging auf das Mädchen zu. Eilig verneigte sie sich und fragte, ob sie ihm irgend etwas bringen könne. Er schüttelte den Kopf.

»Dann hättet Ihr vielleicht nichts dagegen, wenn ich Euch ein wenig unterhalte?« bot sie an und deutete auf die Laute. »Ein einfaches Lied, um die Zeit zu vertreiben?« Ihre Finger glitten über die Saiten und ließen die ersten Noten eines weiteren Liebeslieds erklingen.

Khalid legte die Hand über die Saiten der Laute und brachte sie zum Schweigen. »Ich muß mit dir über etwas reden«, sagte er.

Fürst Haroun wanderte ziellos durch den Palast und versuchte, einen Reim für sein neuestes Liebesgedicht zu finden, als er ein Schluchzen vernahm. Es kam aus dem kleinsten der Gärten, in dem Kräuter und Gemüse für die Palastküche gezogen wurden. Hier liefen keine Gazellen oder Pfauen umher, rauschten keine Springbrunnen, blühten keine seltenen und exotischen Blumen. Es gab keine Bänke und sehr wenig Schatten.

Bänke oder nicht, jemand saß im Küchengarten und weinte. Haroun erkannte das neue Hausmädchen sofort. Sie saß auf dem Rand des Brunnens, der in der Mitte des Gartens stand, eine Laute zu ihren Füßen. Einen Moment zögerte er – manche Leute ließen sich nicht gern dabei zusehen, wenn sie weinten –, aber dann bewegte ihn sein gütiges Herz, in den Garten zu gehen und nachzuschauen, was los war. *Vielleicht wird es meine Gedanken von meinen eigenen Sorgen ablenken,* redete er sich zu.

Er tat sein Bestes, um so zu tun, als sei er aus eigenem Antrieb in den Garten gekommen. Er summte eine fröhliche Melodie und ließ es sich angelegen sein, jeden Busch, jeden Strauch und jede Reihe Radieschen, an denen er vorbeikam, genau in Augenschein zu nehmen. Er drückte Blätter zusammen, zupfte an Stengeln und riß beinahe die Hälfte des Salats aus, bis er sich dem weinenden Mädchen zuwandte und ausrief: »Oh! Verzeiht mir. Ich habe Euch nicht dort sitzen sehen.«

»Nicht?« Nour schniefte. »Dann bist du entweder blind, oder du hältst mich für blöd.« Sie versetzte der Laute einen Tritt.

»Ich *bitte* dich!« Haroun hatte ein Gefühl, als habe sie statt dessen ihn in die Brust getreten.

»Bitte nur weiter.« Sie trat noch einmal gegen die Laute. Mit klirrenden Saiten rollte sie in den Staub. »Vielleicht bist du ja ein besserer Bittsteller als Schauspieler. Ich bin der größte einzelne Gegenstand, den es in diesem Garten gibt, und du willst mich nicht gesehen haben? Das kannst du deiner Großmutter erzählen!« Sie blickte von ihm weg und drehte den seltsamen dunklen Ring an ihrem Finger.

Haroun setzte sich neben sie. »Ich wollte nur nachschauen, ob ich irgend etwas tun kann, um dir zu helfen. Du hast dich so unglücklich angehört.« Er holte tief Luft und atmete langsam wieder aus. »Kann ich dir helfen?«

Nour drehte weiter an ihrem Ring. »Was für Hilfe sollte ich brauchen? Ich bin reich. Große Männer – Könige! – flehen mich an, sie zu heiraten. Die Kräfte magischer Wesen stehen mir zu Diensten.«

»Sitzt du schon lange hier in der heißen Sonne?« wollte Haroun wissen.

Nours Augen blitzten, als sie hochfuhr und ihm in die Augen sah. »Ich bin *nicht* verrückt!«

»Nein, gewiß nicht, ganz und gar nicht, kein bißchen.« Haroun versuchte sie zu beruhigen. Als er in den Garten gekommen war, war er nicht darauf gefaßt gewesen, sich von einer gewöhnlichen Dienerin solche Worte anzuhören. »Wenn du es sagst.«

Zu seiner Erleichterung wich der Zorn aus ihrem Gesicht. Sie fing zu lachen an, obwohl es nicht sehr fröhlich klang. »Wenn ich es sage ... Aber was rede ich überhaupt? Ich vergesse, wer ich bin, jetzt.« Sie sah, wie irritiert Haroun sie anschaute, und setzte schnell hinzu: »Ich bitte Euch um Vergebung, o Herr. Die Dichter und Geschichtenerzähler sind sich alle einig, daß ein gebrochenes Herz uns oft ein wenig verrückt handeln läßt. Ich sollte Euch nicht mit meinen Problemen belästigen.«

»Ach, das macht mir nichts«, erwiderte Haroun ein wenig schüchtern. »Ein gebrochenes Herz, sagst du?«

»Tja, ich nehme an, es *müßte* gebrochen sein. Jedenfalls schmerzt mich mein Stolz.« Sie runzelte die Stirn und fragte unverhofft: »Habt Ihr schon einmal geglaubt zu lieben?«

»O ja, schon of...! Das heißt, ich verstehe, was du meinst.« Haroun setzte eine ernste Miene auf und versuchte älter zu wirken, als er war. Das war schwierig, denn jetzt , wo er sie ansah, erkannte er, daß das Mädchen ungefähr in seinem Alter war. »Ich nehme an, der junge Mann, den du liebst, erwidert deine Liebe nicht?«

»Noch schlimmer! Er liebt eine andere. Liebt sie *wirklich*, *glaubt* nicht nur, daß er sie liebt. Versteht Ihr das ebenfalls?« Nour sah Haroun aufmerksam an.

»Ja ... das heißt ... ich meine ... nein.« Haroun fühlte sich unbehaglich unter Nours festem Blick. In den Augen dieses Hausmädchens lag etwas Beunruhigendes. Es war das erste Mal, daß Haroun sie richtig angesehen hatte. Wie anders als bei seiner verwunschenen Prinzessin! Oh, die verwunschene Prinzessin hatte liebliche Augen, wahrhaftig, aber immer wenn Haroun sie ansprach, schweiften sie ab. Es waren lächelnde Augen, Augen, die seinen Blick sehr nett und höflich zurückgaben, aber dahinter war nichts. Es war, als sehe er in die Augen einer seiner zahmen Gazellen: schön, aber langweilig.

Nour lachte wieder, und Haroun dachte, daß es sehr hübsch klang. Er fragte sich, wieviel hübscher ihr Lachen sein könnte, wäre das Mädchen wirklich glücklich. »Nein, warum solltet Ihr auch verstehen? Wenn Ihr liebt, dann liebt Ihr; in Eurem Herzen und in Euren Gedanken gibt es keinen Zweifel, nicht wahr?«

Haroun sagte nichts. Er dachte über die Worte des Hausmädchens nach. *Liebe ich meine verwunschene Prinzessin wirklich?* Er sah Nour mit neuen Augen an.

»Warum hast du ihn geliebt – geglaubt, daß du ihn liebtest?« fragte er.

Nour überlegte. »Nun, er sieht gut aus ...« Sie ließ ihren Blick auf Harouns Gesicht ruhen. »Aber viele Männer sind gutaussehend. Und er ist freundlich ... auch wie andere Männer; nicht daß ich in meinem Leben allzu viele Männer kennengelernt hätte. Tatsächlich war er der erste, dem ich je begegnet bin, ohne daß jemand hinter mir stand und mir sagte, ich *sollte* ihn lieben.«

Genau, wie in all den alten Geschichten der Held immer eine Prinzessin lieben muß, wenn er glücklich für alle Zeiten sein will, überlegte Haroun. Laut sagte er: »Hast du je daran gedacht, daß das, was du geliebt hast, nicht er war, sondern die Tatsache, daß du endlich frei von allem warst, was du tun *solltest*?«

Nours Mund blieb vor verblüffter Bewunderung leicht offen stehen. »Bei allem, was heilig ist, ist glaube, Ihr habt den Nagel auf den Kopf getroffen, o Herr. Hat Euch schon einmal jemand gesagt, wie weise Ihr seid?«

Harouns Brust schwoll an, obwohl er versuchte, sich bescheiden zu geben. »Ach, so weise bin ich nun auch wieder nicht, meine Liebe.« *Was für ein kluges Mädchen,* dachte er. »Zum Beispiel ... wenn du ein Geheimnis bewahren kannst, will ich dir verraten, daß auch ich, was die Liebe angeht, nicht immer eine kluge Wahl getroffen habe.«

»Du meinst ... meine Kollegin?« Nour stellte die Frage der Form halber. Fürst Harouns Werben um Tamar wurde in den Quartieren der Diener als Gesprächsthema nur noch durch Nours Jagd auf Khalid übertroffen. »Sie ist schön.« Nour konnte nicht verhindern, daß ihre Worte bitter klangen.

»Schönheit ist nicht alles«, erwiderte Haroun, und zu seinem eigenen Erstaunen war es ihm ernst damit. »Nur zu bald weicht sie dem Alter und der Zeit. Wenn Schönheit das einzige ist, das dich bewegt, jemanden heiraten zu wollen, was wird dir in den Jahren bleiben, nachdem die Schönheit verblaßt ist?« Ein Gedanke schlug wie ein Blitz bei ihm ein, und er sprach ihn laut aus: »Für alle Zeiten kann ziemlich lang sein, wenn man unglücklich ist.«

Diesmal kam Nours Lachen von Herzen und wärmte sie beide. »Du bist ebenso ehrlich wie weise, o Herr. Ich bin dankbar für Ehrlichkeit, auch wenn sie manchmal scharfe Klauen hat. Ich will Euch die Gunst erwidern und ebenfalls aufrichtig zu Euch sein. Seht Ihr diesen Ring?« Sie hielt ihm die rechte Hand entgegen. Der eiserne Ring war stumpf, und dennoch schien er im Sonnenlicht des Gartens zu glühen.

Haroun besah sich den Ring und faßte dazu Nours Hand. Er stellte fest, daß es ein sehr angenehmes Gefühl war, und einen Moment vergaß er, warum er es tat. »Das ist ... das ist ein sehr ungewöhnliches Schmuckstück«, sagte er. »Ein Geschenk von deiner Familie?«

»Ein Geschenk der Magie«, gestand Nour. »Versteht Ihr, ich habe nicht gelogen, als ich Euch sagte, daß mir magische Wesen zu Diensten stehen.«

Haroun brauchte seine ganze Konzentration, um seine Hand am Zittern zu hindern. Es war sehr bestürzend zu hören, wie dieses bezaubernde Mädchen wieder irre redete. »Meine liebe ... wie heißt du überhaupt?«

»Nour.«

»Meine liebe Nour, wie kannst du erwarten, daß jemand dies glaubt? Ich will nicht sagen, daß du unmöglich ein bißchen eigene Magie haben kannst – dies ist ein freies Land, und solche Dinge passieren sogar Dienstboten –, aber wenn dir Magie zu Gebote steht, wieso hast du nicht …? Wieso bist du immer noch …?«

»Warum ich als Dienerin in diesem Haus arbeite?« beschloß Nour die Frage an seiner Stelle. Ihre Finger schlossen sich um seine, als sie ihre Hand beugte, um den Eisenring besser betrachten zu können. »Schnell ist ein Wunsch getan, und die Reue ist lang; und ich habe nur noch Anrecht auf einen Wunsch.«

»Wirklich?« Haroun strahlte bei dem Gedanken, daß jemand nur einen einzigen Wunsch frei hatte. »Dann hast du ganz recht; du mußt äußerst vorsichtig sein. Wie spannend! Wie sollst du dir *genau* das wünschen, was du willst? Wie kannst du sichergehen, daß dein Dschinn dich nicht mit einem Trick verleitet, diesen Wunsch zu vergeuden? Wie aufregend für dich!«

»Ich finde es gräßlich«, sagte Nour. »Ich würde lieber in Eurer Haut stecken, o Herr, mit allen Wünschen, die ich will.«

»Nein, das wäre nichts für dich.« Haroun zog vor Neid ein langes Gesicht. »Du glaubst bloß, es würde dir gefallen. In Wirklichkeit ist es schrecklich öde. Es liegt keine Herausforderung darin. Wenn ich einen Wunsch vergeude, dann stehen ein Dutzend andere bereit, wo er hergekommen ist – oder hundert! Wünsche sind für mich nichts Besonderes mehr, und wenn die Magie so alltäglich wird wie Radieschen, wozu ist sie dann noch nütze?«

Ein listiger Ausdruck schlich sich in Nours Blick. »Wenn du das so empfindest, o Herr, warum gebrauchst du nicht einen Wunsch, um dich von all den folgenden zu befreien?«

»Was? Bist du wahnsinnig?« Haroun war entsetzt. »Wünsche wegwerfen? Jeder, dem man das erzählt, würde mich für übergeschnappt halten. Wie soll ich danach weiterleben? Ich bin es gewöhnt, augenblicklich alles zu bekommen, was ich mir wünsche. Ich fürchte, ich könnte nie wieder so leben wie vorher.« Traurig ließ er Nours Hand sinken. »Das verstehst du wohl nicht.«

»Ach nein?« Sie hob die Brauen. »Du wärest vielleicht erstaunt. Bevor ich angefangen habe, hier zu arbeiten, war ich ... Nun ja, was ich früher war, ist unwichtig. Worauf es ankommt ist, daß ich auch weiß, daß ich niemals wieder so leben könnte wie vorher. Und doch, so unglücklich ich auch damals war, gibt es Zeiten, da glaube ich, ich könnte zu diesem Leben zurückkehren ... wenn ich nur nicht allein zurückgehen müßte.«

Haroun bemerkte, wie sie ihn ansah, als sie dies sagte. Bevor er wußte, was er tat, ergriff er ihre Hände. »Weißt du, wenn du glaubst, dich nicht entscheiden zu können, wozu du diesen Wunsch gebrauchst, könntest du versuchen dir zu wünschen, eine Prinzessin zu werden. Eine Prinzessin zu sein hat jede Menge Vorteile. Du wärest reich und hättest hübsche Kleider und würdest in einem Palast wohnen und ...«

»Ich möchte keine Prinzessin sein«, sagte Nour bestimmt.

»Ach.« Haroun war niedergeschmettert. »War ja nur ein Gedanke. Kein sehr guter. Du siehst nicht aus, als würdest du dich als Prinzessin wohl fühlen. Ich nehme an, das ist etwas, wozu man geboren sein muß.«

»Manchmal funktioniert es nicht einmal dann«, bemerkte Nour fast unhörbar. Deutlicher sagte sie:

»O Herr, dieser Ring, den ich trage, ist ebenfalls mit Magie begabt.«

»Dachte ich es mir doch«, meinte Haroun. »In ihm wohnt der Dschinn, der dir deinen einen Wunsch erfüllen soll, nicht wahr?«

»Ach, in diesem alten Ring sitzt kein Dschinn«, erklärte Nour. Der Ring vibrierte ärgerlich an ihrem Finger, wie eine zornige Hummel, doch sie bemerkte es nicht. »Aber es wohnt Magie darin – der Zauber der ewigen Liebe.« Sie wiederholte ihm alles, was Gamal ihr über den Ring gesagt hatte, ohne allerdings zu erwähnen, wie sie dazu gekommen war. Sie schloß mit den Worten: »Mein Fürst, Ihr seid gut zu mir gewesen. Ich weiß, daß Ihr meine Freundin liebt ...«

»Dann weißt du wohl auch, daß sie mich nicht liebt?« fragte Haroun. Aus irgendeinem Grund bekümmerte dieser Gedanke ihn nicht so sehr, wie er erwartet hätte. *Wenn ich so unbedingt eine Prinzessin will, könnte Khalid mein Mädchen in eine verwandeln,* dachte er und wandte den Blick nicht von Nours Gesicht.

»Herzen ändern sich«, sagte Nour und tat, als bemerke sie nicht, wie er sie ansah. »Vielleicht wird ihres das tun. Ihr müßt sie nur einmal dazu bringen, daß sie sagt, sie liebt Euch. Dann gebt ihr diesen Ring, und sie wird Euch auf ewig lieben.« Sie zog ihn vom Finger und drückte ihn in seine Hand. »Es gibt alle möglichen Situationen, die ein Mädchen vielleicht dazu bringen zu sagen, daß sie einen jungen Mann liebt.«

Haroun umschloß sanft Nours Hände. »Wirklich? Würdest du mir sagen ... könntest du mir zeigen ... kannst du ...?«

»Ihr haltet mich zum besten.« Nour lächelte ihm

voller Zuneigung zu. »Nun muß ich gehen. Ich habe zu arbeiten.« Sie versuchte, sich aus dem Garten zu entfernen, doch er wollte ihre Hand nicht loslassen.

»Herzen ändern sich, sagst du. Könnte deines ...?«

»Ach, ich weiß, ich sagte, daß es gebrochen ist, aber macht Euch keine Sorgen um mich; es wird heilen.« Ihre Augen glitzerten. »Vielleicht heilt es schneller, als ich dachte.« Sie wand ihr Handgelenk aus seinem Griff und war fort.

Haroun blieb zurück und starrte auf den eisernen Ring in seiner Handfläche.

Du sieht aus wie 'n Karpfen, wenn du so guckst, spottete der Ring. Sein Stimmchen verhallte ungehört.

12

Prinzessin Nour hüpfte fröhlich durch die Flure von Fürst Harouns Palast. Ihr Herz war so leicht wie seit Wochen nicht mehr. Sie war äußerst zufrieden mit sich selbst und wünschte sich nichts mehr, als Tamar zu finden und der Dschinnie mitzuteilen, daß sie bereit war, ihren letzten Wunsch zu äußern.

Sie war so von frohen Gedanken erfüllt, daß sie den Kater Boabdil, der ihren Weg kreuzte, nicht bemerkte, bis sie über ihn stolperte. Boabdil stieß ein ohrenbetäubendes Kreischen aus, obwohl ihm nichts geschehen war. Sogleich nahm Nour ihn auf und drückte ihn an sich, was genau seine Absicht gewesen war. Er ließ zu, daß sie ihn mit tausend Kosenamen und Entschuldigungen überschüttete, bevor er schnurrte, um ihr zu bedeuten, daß alles vergeben war.

»O lieber Kater, bitte verzeih mir, aber ich war in Gedanken«, flehte Nour.

»Und du hast auch nicht geschaut, wo du hintrittst«, stellte Boabdil fest. »Was konnte dich bloß so ablenken?« Er warf ihr einen Seitenblick zu. »Ist es Liebe?«

Prompt wirbelte Nour den Kater wieder und wieder in einem wilden Tanz im Flur umher, bis er jaulte. »Liebe? Ja, es ist Liebe, mein allersüßester Kater! Wie außerordentlich klug du bist! Wie fein dein Fell! Wie prächtig dein Schnurrbart! Es ist Liebe, wahre Liebe, und die ganze Welt ist wunderschön!«

»Setz mich runter, bevor ich dir meine wunderschönen Krallen in die Haut schlage«, zischte Boabdil. Als sie das getan hatte, sträubte er das Fell. »Also ist es Liebe. Sogar nachdem Khalid dir gesagt hat, daß er

Tamar liebt, bestehst du immer noch darauf, ihn zu lieben? Was für eine Verschwendung!«

»Khalid ... lieben?« Nour legte die Finger an die Lippen und kicherte.

»Was ist so komisch daran?« fragte der Kater mit blitzenden Augen. Nichts haßt eine Katze mehr als das Gefühl, bei einem Katz-und-Maus-Spiel auf der Verliererseite zu stehen.

»Dies ist ein magischer Palast, Kater«, sagte sie fröhlich. »Ein magischer Palast, der alles hat: nicht bloß eine verwunschene Prinzessin – das bin ich, nehme ich an – und ein Paar Dschinns, sondern – kannst du ein Geheimnis bewahren? – es wohnt hier auch ein großer und mächtiger Zauberer.«

»Ein Zauberer!« Boabdil fauchte leise. »Der hat uns gerade noch gefehlt. Wer hat ihn reingelassen?«

»Das brauchte niemand zu tun«, erwiderte Nour. »Der Palast gehört ihm, verstehst du.«

»Seit wann ist Fürst Haroun ein Zauberer?« Der Schwanz des Katers peitschte hin und her. »Seit wann ist der etwas anderes als ein dummer, gieriger Junge mit mehr Spielzeug, als gut für ihn ist?« Seine goldenen Augen verengten sich zu mißtrauischen Schlitzen. »Ist *das* die Lösung deines Rätsels? Ist *er* derjenige, den du liebst?«

»Ja!« Von Nours Lippen klang das Wort wie ein Freudenschrei. »Ich war wie die Prinzessin, die hundert Jahre geschlafen hat, doch nun bin ich erwacht. In meinen Träumen glaubte ich Khalid zu lieben, aber jetzt, dank der Weisheit von Fürst Haroun, kenne ich die Wahrheit.«

»Weisheit?« Boabdil zuckte mit den Ohren. »Bist du sicher, daß wir beide von demselben Fürst Haroun reden?«

»Du kennst ihn nicht«, sagte Nour. »Ich kannte ihn auch nicht, bis jetzt. Seine weisen Worte haben mir die Augen geöffnet; er hat mich erkennen lassen, daß ich ein trotziges Kind gewesen bin. So viele Jahre habe ich damit verbracht, *nein* zu all den alten Königen zu sagen, mit denen mein Vater mich verheiraten wollte, daß das Neinsagen mir zur Gewohnheit geworden ist! Darum habe ich, als Tamar mich bat, Haroun zum Mann zu nehmen, *nein* gesagt, ohne darüber nachzudenken, ganz einfach, weil meine Antwort immer *nein* gewesen ist, wenn man mich aufgefordert hat zu heiraten!« Sie faltete die Hände über dem Herzen. »Lieber Kater, du mußt mir helfen.«

Boabdil gab die traditionelle Katzenantwort: »Wenn ich Lust dazu habe. Wie?«

»Du mußt mir helfen zu entscheiden, wie ich meinen letzten Wunsch am besten nutzen kann.«

Der Kater klappte verwirrt die Ohren nach vorn. »Ich dachte, das sei erledigt. Falls du Fürst Haroun immer noch liebst ...«

»Das tue ich.«

»Gut. Danach zu urteilen, wie ihr Sterblichen euch in letzter Zeit benommen habt, scheinen eure Herzen sich so schnell zu wenden wie eine Wetterfahne. Wenn du ihn also liebst, wie du sagst, wo liegt das Problem? Wünsch dir, ihn zu heiraten, wie dich meine Herrin Tamar gebeten hat, und alles ist vollbracht und gut vollbracht.«

Prinzessin Nour schüttelte den Kopf. »Diesen Wunsch werde ich nicht äußern.«

»Wieso denn nicht, im Namen der großen Mondkatze?« jaulte Boabdil, der mit seiner Geduld am Ende war.

»Weil ich glaube, daß er mich ebenfalls liebt«, antwortete Nour mit vor Freude überfließender Stimme. »Ich konnte es in seinen Augen sehen; ich konnte es in meinem Herzen spüren. Ich werde keinen Wunsch brauchen, damit er mich heiratet. Oh, Boabdil!« Sie kniete vor dem Kater nieder. »Kannst du dir vorstellen, wie glücklich er sein wird, wenn er erfährt, daß seine Braut doch eine Prinzessin ist?«

»Das ist allerdings ein schönes Hochzeitsgeschenk«, gab der Kater zu. »Aber … was ist mit den Wünschen, so viel du willst, dein Leben lang, wie es dir Tamar versprochen hat, wenn du dir Haroun als Ehemann wünschst?«

Nour lächelte verstohlen und etwas schief. »Ich glaube, es ist an der Zeit, daß mein lieber Haroun lernt, daß man auch ohne Wünsche recht angenehm leben kann. Wie kann er es aber lernen, wenn ich ihm die Lektion nicht vorlebe? Tamar soll frei sein, Boabdil. Auch Khalid soll endlich seine Freiheit erlangen. Ich werde nicht sein Gefängnis öffnen, nur um sie in einem anderen einzusperren.«

»Das würdest du für die beiden tun?« Zum erstenmal in der Geschichte aller Katzen überall auf der Welt starrte ein verständiges und gesundes Tier einen Menschen mit ehrlicher Bewunderung in den Augen an. »Bist du *sicher,* daß du ein echter Mensch bist?« fragte Boabdil skeptisch.

Prinzessin Nour lachte. »Echt genug, um dich um deine Hilfe dabei zu bitten, was ich mit meinem verbliebenen Wunsch anstellen soll, lieber Kater. Ich würde ihn gern auf ein Hochzeitsgeschenk für Haroun verwenden, da es der letzte Wunsch ist, den einer von uns jemals besitzen wird, aber ich weiß nicht, was er am liebsten hätte.«

»Nun, was glaubst du, wird er dir schenken?« fragte der Kater.

Nours Lächeln war geheimnisvoll. »Einen Ring«, sagte sie. »Einen einfachen eisernen Ring, das ist alles, was ich mir wünsche.«

»Hmmm. Eisen, ja? Ich muß schon sagen, entweder hat sich der Geschmack sterblicher Bräute geändert, was Hochzeitsgeschenke angeht, oder du bist ... Also, ich bin mir nicht mehr ganz sicher, *was* genau du bist, Herrin. Aber es gefällt mir. Ich werde dir helfen. Ich werde Fürst Haroun ausspionieren und schauen, ob ich ein paar Anhaltspunkte aufschnappen kann. Würde dich das zufriedenstellen?«

»Das würde mich ganz und gar zufriedenstellen.« Nour kratzte ihn hinter den Ohren. »Und ich werde zurück in die Küche gehen, um zu warten.«

»Auf mich?«

»Auf ihn, auf Haroun. Wie Tamar mir sagte, wird er in Kürze vorbeikommen, um mit mir ... über das Wetter zu reden.« Sie schlenderte davon, wobei sie wieder vor sich hin sang. Boabdil sah ihr nach, peitschte mit dem Schwanz durch die Luft und trottete in die Gegenrichtung davon, um zu tun, worum sie ihn gebeten hatte.

Nour war beinahe in der Küche angekommen, als sie plötzlich geradewegs gegen eine Wand aus fester Luft stieß. Nichts war da, das ihr den Weg hätte versperren können, und doch konnte sie keinen einzigen Schritt weitergehen. »Was ist das bloß?« fragte sie sich laut und tastete die unsichtbare Mauer mit den Händen ab.

Ein Freund, sagte eine vertraute Stimme. *Ein Freund, der in diesen Palast zurückgekehrt ist, um zu sehen, wie es dir ergeht.*

»Wenn du mein Freund bist, zeig dich!« forderte Nour.

Du kennst doch die Regeln. Die Stimme schien über sie zu spotten. *Hast du es vergessen? Du brauchst mich nur beim Namen zu rufen.*

»Na gut, wenn du darauf bestehst.« Nour war verärgert. »Zeig dich, Gamal.«

Der monströse Dschinn stand vor ihr, ohne daß irgendwelche magischen Mätzchen sein Erscheinen begleitet hätten. Diesmal war er von fester Gestalt, mit Beinen statt eines Rauchschweifs und nicht größer als ein gewöhnlicher Mann. »Ich bin hier, meine Dame.« Sein Lächeln war kalt und bösartig.

Nour war tapfer, ohne zu wissen, wie tapfer sie war; es war ihr einfach gegeben, einen Tyrannen zu erkennen, wenn sie einen sah, und sich nicht vor ihm zu fürchten. »Ich sehe nicht ein, wieso das nötig war«, sagte sie. »Wenn du mich sehen wolltest, warum bist du nicht einfach gekommen?«

»Die Regeln, meine Dame, wie ich schon sagte.« Gamal verbeugte sich zu tief, als daß die Geste etwas anderes hätte darstellen können als bösartigen Spott. »Habe ich Euch schon einmal vom Rat erzählt, dessen Gesetze alle Dschinns überall leiten? Sie sind diejenigen, die so darauf aus sind, daß wir ihre Regeln befolgen. Sehr schnell sind sie mit der Strafe bei der Hand, wenn wir etwas Falsches tun – selbst wenn der Fehler aus den wohlgemeintesten Gründen geschieht –, und sie werden besonders ärgerlich, wenn jemand sich in einen ihrer Schiedssprüche einmischt.«

»Hört sich an wie die Berater meines Vaters«, meinte Prinzessin Nour. »Man kann ihnen alles sagen, nur nicht *ihr seid im Irrtum*.«

»Es freut mich zu hören, daß wir einer Meinung über diese alten Esel sind.« Gamal lächelte noch breiter und zeigte viel zu viel von seinen groben Zähnen.

»Du bist doch nicht hierher gekommen, damit wir abwechselnd auf unsere Ältesten schimpfen.« Nours Geduld mit Gamal ging langsam zu Ende. »Was willst du?«

Gamal setzte eine gequälte Miene auf. »Ihr verletzt meine Gefühle, meine Dame. Ich bin nur hierhergekommen, um mein Versprechen einzulösen.«

»Das Versprechen, mir dabei zu helfen, meinen letzten Wunsch gut einzusetzen?« Nour konnte nicht anders, sie strahlte; sie war zu glücklich, um ihre Freude zu verbergen, selbst vor Gamal. »Wenn das alles ist, darfst du gehen. Ich weiß bereits, wozu ich diesen Wunsch gebrauchen werde!«

»Wirklich?« Gamals schwarze Brauen zogen sich wie eine Gewitterwolke über seinen gelblichen Augen zusammen. Sein scharfer Blick richtete sich auf die Hände der Prinzessin, und er sah ... »Fort! Der Ring ist fort! Dann habt Ihr ihn ihm gegeben? O ja, Ihr müßt es getan haben, sonst wäret Ihr nicht so glücklich. Oh, ausgezeichnet!«

Nour versuchte zu sprechen, doch Gamals menschliche Gestalt zerbarst zu einer hochaufragenden pechschwarzen Rauchsäule, die wie ein Wirbelwind um sie herum kreiste. »Er hat den Ring! Er hat ihn! Ha! Wunderbar!« Im Inneren des wirbelnden Rauchs grollte die Stimme des Dschinns mit der Macht eines Erdbebens. Unwillkürlich zitterte Nour und drückte sich mit dem Rücken an die Wand, während Gamals bösartiges Lachen den Putz von der Decke rieseln ließ. »Dann ist es vollbracht! Bald wird es vorüber sein!«

Die Stimme im Inneren des Wirbels klang plötzlich anders. Jedes Wort, das sie sprach, bebte und glühte vor hoher Magie. »Oh, Ihr Erhabenen! Oh, Ihr Weisen! Oh, Ihr Alten, kommet sogleich, um Euer Urteil zu sprechen und den Schuldigen zu strafen, den ich aufgespürt habe!«

Die Mauern von Fürst Harouns Palast erbebten. Ein kalter, feuchter Wind strich durch die Räume. Er roch nach alten Büchern, die man über Nacht im Regen liegengelassen hatte. Nours Haut kribbelte, als marschierten alle Ameisen der Welt darüber. Sie kroch in sich zusammen und wünschte sich, sie wäre nicht allein. Dann, als hätte sie diesen Wunsch laut ausgesprochen, stand jemand neben ihr. Sie schaute nach links und sah einen uralten Mann. Sein Haar war weiß, seine Haut war dunkler als die sonnenverbrannte Haut des besten Wüstenreiters ihres Vaters, und seine Augen wiesen die Farbe und den Glanz von Rubinen auf. Nour keuchte auf. Kein menschliches Wesen konnte solche Augen haben. Als er lächelte, sah sie, daß jeder Zahn in seinem Mund lang und scharf war wie ein Dolch, und grasgrün.

Er war nicht allein. Vier andere standen hinter ihm, jeder war beinahe so alt und scheußlich wie er, und jeder hatte kalte, glitzernde rote Augen. Alle waren sie in Gewänder aus Samt und Seide gekleidet, besetzt mit Goldborte und übersät mit edlen Steinen. Jeder von ihnen trug eine Lampe in den Händen, doch aus massivem Gold und mit Diamanten besetzt. Nour brauchte niemanden, der ihr sagte, daß sie in Kürze den berühmten Rat kennenlernen würde.

»Warum sind wir gerufen worden?« fragte der am ältesten aussehende unter den fünf alten Dschinns. Seine Stimme quietschte und knarrte wie eine alte Türangel.

Gamal ließ den schmutziggrauen Wirbelwind zerstieben und zeigte sich wieder in annähernd menschlicher Größe. Er kniete nieder und berührte mit der

Stirn den Boden. »O Ihr Erhabenen, ich, Gamal, habe Euch gerufen.«

»Gamal ...?« Der älteste Dschinn kratze sich am Kopf. »Der Name kommt mir bekannt vor.«

Sein am jüngsten wirkender Kollege zupfte ihn am Ärmel. »Es war Gamal, der uns damals gerufen hat, als Meister Ismaels Verlies gestohlen wurde.«

»Ach ja, so war das!« Der älteste Dschinn sah so erfreut aus, als wäre es ihm selbst wieder eingefallen. Er wandte sich Gamal zu und wollte wissen: »Und wo ist nun Meister Ismaels Verlies, Gamal? Gib es uns sofort zurück!«

Das Gesicht noch am Boden, erwiderte Gamal: »O Ältester, Ihr sprecht, als hätte *ich* das Verlies gestohlen. Könnt Ihr glauben, daß ich solch ein Verbrechen begehen würde?« (Nour hatte so ein eisiges, sicheres Gefühl in der Magengrube, daß es viel schneller gehen würde, die Verbrechen aufzuzählen, die Gamal *nicht* begehen würde, doch sie sagte nichts.) »Dennoch ist ein Verbrechen begangen worden, das gebe ich zu. Gestattet mir nun die Ehre, den Schuldigen vor Euch zu bringen, auf daß Ihr ihn bestraft!«

Der älteste Dschinn legte die Stirn in Falten. »Du weißt, wer der Verbrecher ist?«

»Ihr werdet ihn in den Mauern dieses bescheidenen Gebäudes finden, o Weiser.« Gamal wagte es, den Kopf ein wenig zu heben und verschlagen zu lächeln. »Soll ich seinen Namen nennen?«

»Sind wir denn machtlos?« Der älteste Dschinn starrte Gamal verächtlich an. »Wir brauchen nicht mehr von dir, als du uns bereits gegeben hast.« Er hob die Hand, in der er seine goldene Lampe trug, und mit einer Stimme, vor der selbst der Donner geflohen wäre, brüllte er: »LASSET SIE KOMMEN!«

Eben hatte Nour sich Gesellschaft gewünscht, und nun bekam sie sie. Der magische Befehl des ältesten Ratsmitglieds reichte aus, um jedes lebende, atmende Wesen in Fürst Harouns Palast herbeizuholen. Fürst Haroun selbst stand da, und Boabdil, der Kater. Khalid und Tamar, letztere immer noch in der Gestalt einer Sterblichen, erschienen gemeinsam. Sie hielten sich an den Händen, als hätten sie dies in dem Moment getan, als sie gerufen wurden. Drei Dienerinnen und fünf Diener, die Nour nie zuvor gesehen hatte, starrten voll Entsetzen die fünf prächtigen Dschinns an, ließen dann ihre Besen und Wischlappen fallen und rannten schreiend davon.

»Laßt sie laufen«, sagte Gamal schnell und sprang auf die Füße. »Der, den Ihr sucht, ist keiner von diesen. Und der hier auch nicht.« Er wies auf den alten Yazid, der auf eine Harke gestützt dastand und den Rat blinzelnd in Augenschein nahm. »Verschwinde, Alter.«

Der alte Yazid wedelte Gamal mit der Harke vor dem Gesicht herum. »Ich werde gehen, wenn ich es für richtig halte, du junger Schnösel!« Gamal bewegte einen Finger, und auf dem Boden zwischen den beiden wimmelte eine ganze Armee von dicken, schwarzen, behaarten Spinnen. »Jetzt ... jetzt halte ich es für richtig«, stammelte der Alte, und dann rannte er den anderen Dienern nach wie ein dreißig Jahre jüngerer Mann.

Gamal war so eifrig, daß er sich nicht die Mühe machte, noch jemanden hinauszuschicken. Er schritt durch den Raum und wurde bei jedem Schritt größer. Bis er Khalid erreichte, fegte er mit den Haaren die Decke. »Hier ist er, o Ihr Erhabenen!« schrie er triumphierend. »Hier ist der, den Ihr sucht, der Dieb, der,

der das Verlies meines armen Lehrers Ismael gestohlen hat!«

»Dieb?« rief Tamar und hielt sich dicht neben Khalid. »Du bist verrückt, Gamal. Wie kannst du behaupten ...?«

»Schweig still«, befahl der älteste Dschinn. Er brauchte nicht einmal die Stimme zu erheben. Tamar wußte, wer er war, und daß es Khalid nur schaden würde, wenn sie Streit mit einem der Ratsmitglieder anfing. Sie verneigte sich vor ihm und sagte nichts mehr.

Aber Khalid selbst hatte etwas zu sagen. »Meister Ismael in einem Verlies? Mein geliebter Lehrer – gefangen? Weswegen?« So entsetzt war er über die Neuigkeit, daß er gar nicht daran dachte, sich gegen Gamals Vorwurf zu verteidigen.

Das jüngste Ratsmitglied bemerkte es, ging zu ihm und klopfte Khalid auf die Schulter. »Na, na. Es ist schön zu sehen, wenn jemand seinem Lehrer so zugetan ist. Einem sehr *guten* Lehrer, ich glaube schon, daß er das war, doch ihm fehlte das Urteilsvermögen. Man hat uns eine Nachricht geschickt, in der es hieß, daß er einem seiner Schüler gleich eine Lampe zugewiesen hat, statt zu verlangen, daß er in einem Zauberring, einer Messingflasche oder einer verwunschenen Gewürzdose anfängt und sich hocharbeitet. Man hat uns auch mitgeteilt, daß das Resultat ...« Er sah peinlich berührt aus. »Nun, es ist nicht gerade ein Ruhmesblatt für die Dschinns gewesen.«

Inzwischen hatte Nour ihre Furcht vor den Ratsmitgliedern überwunden. Sie erinnerten sie tatsächlich an die Berater ihrers Vaters – alte Männer, auf deren Schoß sie gesessen hatte, seit sie ein Kind war, und die über alles gelacht hatten, was sie sagte, selbst wenn sie es ernst meinte. Sie gefielen ihr ganz und gar nicht. »Sagt mir, o Erhabener«, ergriff sie kühn das Wort. »Wer hat Euch denn von diesem ... *Fehler* erzählt, den Meister Ismael begangen hat?«

»Wer uns ...?« Das jüngste Ratsmitglied dachte darüber nach. »Nun, ich glaube, der Brief trug keine Unterschrift.«

»Dachte ich's mir doch«, sagte Nour und warf Gamal einen vielsagenden Blick zu. »Und außerdem meine ich, daß es kein Ruhmesblatt für die Dschinns ist, einem anonymen Schmähbrief Glauben zu schenken.«

»Wer bist du, daß du uns vorschreiben willst, was wir denken sollen?« knurrte der älteste Dschinn.

»Niemand! Sie ist niemand!« Haroun eilte an Nours Seite und stellte sich zwischen sie und den wütenden Dschinn. »Das ist bloß Nour, eine meiner Dienerinnen. Tut ihr nichts! Gute Dienstboten sind so schwer zu bekommen.« Er hob die rechte Hand, als könnte dies die Kräfte von fünf der mächtigsten Dschinns aufhalten.

»Das Verlies!« Die roten Augen des ältesten Dschinns blitzten. Funken schlugen aus ihnen und landeten auf dem eisernen Ring, den Haroun an den dritten Finger seiner rechten Hand gesteckt hatte. Haroun stieß einen erschrockenen Aufschrei aus, als er Ring von seinem Finger flog und zu Boden klapperte. »Er ist der Dieb!«

»Dieb? Ich?« Haroun legte die jetzt entblößte Hand aufs Herz. »Warum sollte ich einen gefangenen Dschinn stehlen wollen?«

»Um ihn zu befreien natürlich!« Die Augen des ältesten Dschinns wurden zu harten roten Schlitzen, die wie das ewige Feuer glühten. »Welcher Sterbliche besitzt nicht die Macht, einen Dschinn zu befreien, sogar einen, den wir, der Rat, eingesperrt haben?«

»Um ihn zu befreien«, sagte der nächste, »und sich dann seiner Zauberkraft zu bemächtigen.«

»Um ihn zu befreien«, sprach der dritte, »und sich so über unseren Urteilsspruch hinwegzusetzen.«

»Seht ihn euch an!« Verächtlich schürzte der älteste Dschinn die Lippen. »Schaut euch diese schockierte Miene an, die er aufgesetzt hat wie eine schlechtgemachte Maske. Und selbst wenn er ein guter Schauspieler wäre, läßt sich die Tatsache nicht bestreiten, daß sich Meister Ismaels Gefängnis in seinem Besitz befunden hat. Es gibt nicht den Hauch eines Zweifels: Er ist der Dieb.«

»*Der?*» Gamal klappte die Kinnlade herunter wie eine schlecht verriegelte Falltür.

»Warum bist du so überrascht?« fragte das jüngste Ratsmitglied, der oft Dinge bemerkte, die den älteren nicht auffielen. »Ich dachte, du hättest gesagt, daß du weißt, wer es gewesen ist.«

»Ja, aber ... ich dachte ... er sollte doch gar nicht ...«

»GENUG!« Der älteste Dschinn breitete die Arme aus und wuchs über das menschliche Maß hinaus, bis er gegen die Decke der Halle krachte. Ohne nachzudenken warfen Tamar und Khalid einen Schutzzauber über Nour und Haroun, einen Schirm aus weißem Licht, der die beiden Menschen vor den stürzenden Ziegelsteinen und dem herabfallendem Putz behütete. Boabdil, der Kater, sorgte für sich selbst und tauchte unter die Gewänder des ältesten Dschinns.

Das uralte Wesen war so zornig, daß es entweder nicht bemerkte, daß es seine Kleider mit einem Kater teilte, oder es ihm gleich war. Sein Gesicht lief vor Wut dunkelrot an. Mit einem riesigen Finger deutete es auf Haroun, und seine Worte fielen wie Blei auf ihn nieder. »Ich kenne deinen Namen, ohne daß ihn mir jemand nennen muß, Haroun ben Hasan. Warum überrascht es mich nicht zu erfahren, daß du es warst, der Meister Ismaels Verlies gestohlen hat? Es ist dir nicht genug, einen Dschinn gefangenzuhalten – du mußt zwei haben! O Sterblicher, deine Gier ist bei uns zur Legende geworden. Dein Name wird in den Klassenzimmern gelehrt als Lektion, um die jungen Dschinns in Schrecken zu versetzen und als ständige Mahnung für uns alle, daß man niemals einem Sterblichen trauen darf.«

»Also, einen Augenblick mal«, protestierte Haroun.

»Ein Augenblick wird nicht ausreichen, um über deine Habgier nachzudenken. Nimm dir mehrere!« Die Hände des ältesten Dschinns versprühten purpurfarbene und blutrote Sterne. Einer traf Haroun an der Stirn, und er begann sich von den Füßen aufwärts in Rauch aufzulösen, als sei er selbst ein Dschinn, der in seine Lampe zurückkehrte. Nour umklammerte seine Hände, doch sie zerflossen ihr zwischen den Fingern, als der unglückliche junge Mann in die Mitte des eisernen Rings gezogen wurde, der auf dem Boden lag. Mit einem leisen Seufzer verschwand er.

Prinzessin Nour verschwendete keine Zeit auf Tränen. »Was habt ihr mit ihm gemacht?« schrie sie auf. Ihr Gesicht war kalkweiß. Mit wahrhaft königlichem Zorn stand sie dem Rat gegenüber. »Redet, ihr Herde von alten Eseln! *Was habt ihr getan?*«

Sie wartete die Antwort nicht ab. Mit zusammengebissenen Zähnen und geballten Fäusten warf sie sich vor Tamar auf die Knie. »Hör meinen letzten Wunsch gut, o meine liebe Freundin und Dienerin!« rief sie.

»Erfülle ihn und nimm dir dann die Freiheit. *Ich wünsche, niemals von Haroun ben Hasan getrennt zu werden, ganz gleich, wie groß die Gefahr, wie hoch der Preis dafür ist!*«

»Aber ... aber ...« Tamar versuchte, Nour auf die Füße zu ziehen. »Aber Ihr wißt nicht, wohin er entschwunden ist oder wann er – *wenn überhaupt* – jemals wieder erscheinen wird. Wollt Ihr es Euch nicht noch einmal ...?«

»Eher möchte ich bei dem Mann sein, den ich liebe, und sei es in einem Gefängnis aus Eisen, als ohne ihn im Palast eines Königs. Erfüll meinen Wunsch, o Dschinnie.« Nour blickte Tamar fest in die Augen. »Erfüll ihn jetzt.«

Tamar sah, daß sie keine andere Wahl hatte. Tränen stürzten aus ihren Augen, doch sie brachte es fertig zu sagen, was von ihr erwartet wurde: »Ich höre und gehorche.«

Tamars Zauber war nicht so theatralisch wie der des ältesten Dschinn. Es gab keine funkelnden Sterne und kein Donnergrollen. Der Wunsch *geschah* einfach. Die Dschinns sahen zu, wie Prinzessin Nour zu einem Rauchfähnchen schrumpfte, das in den eisernen Ring strömte. Ihre Miene blieb die ganze Zeit über gleichmütig: Ruhig und sicher, daß sie die richtige Entscheidung getroffen hatte, ging sie mit einem heiteren und freudigen Lächeln zu Haroun ben Hasan.

13

»Nun, mein Junge, wie fühlt man sich, wenn man endlich frei ist?« fragte der jüngste Dschinn des Rats und klopfte Khalid auf den Rücken.

»Nicht so gut, wie ich gedacht hätte.« Khalid schaute ihn nicht an. Er starrte immer noch auf den eisernen Ring. Tamar tat das gleiche. Er konnte ihre Schultern zittern sehen, und auch ohne daß er ihre Tränen sah, wußte er, daß sie weinte.

»Frei?« Gamal konnte die Empörung in seiner Stimme nicht verbergen. »Was meint Ihr damit, er sei frei?«

Der älteste Dschinn erklärte es ihm: »Durch seinen Versuch, einen zweiten Dschinn zu erlangen, während noch ein anderer für ihn arbeitete, hat Haroun ben Hasan das Recht verwirkt, einen Dschinn zu besitzen, jetzt und für alle Zeiten.« Mit selbstgefälliger Miene setzte er hinzu: »Der einzige Dschinn, dem er ins Antlitz schauen wird, wird Meister Ismael sein, denn Haroun ben Hasan wird hiermit verurteilt, Meister Ismaels Gefangenschaft zu teilen, solange jener Dschinn in dem eisernen Ring bleiben wird.«

»Und wie lange ist das?« fragte Khalid.

»Ach, eine Kleinigkeit«, meinte der jüngste Dschinn fröhlich. »Sein Fehltritt ist ja so klein gewesen. Bloß hundert Jahre.«

»Vielleicht wird ihm wegen guter Führung ein Jahrzehnt erlassen«, sagte der Zweitälteste.

»Aber das ist furchtbar!« protestierte Khalid. »Nichts, was Fürst Haroun getan hat, war so schlimm, daß er solch eine Strafe verdient hätte.«

»Schreib dem Rat nicht vor, was eine angemessene

Strafe ist oder nicht«, sagte der älteste Dschinn drohend, »sonst wirst du vielleicht unser Urteil als nächstes zu spüren bekommen.«

Khaldi richtete sich hoch auf und sah dem uralten Wesen furchtlos ins Gesicht. »Drohe mir nur, ich werde dennoch sprechen: Fürst Haroun mag unersättlich gewesen sein, doch als er mich fand, war er arm. Für einen Sterblichen ist es beängstigend, arm zu sein. Er sah in mir seine Chance, nie wieder arm zu sein, und hat sie ergriffen. Es lag in *meiner* Verantwortung, ihn vor seiner Angst zu beschützen, und es war *mein* Fehler, daß Fürst Haroun zu einem so habgierigen Mann geworden ist. Muß er dafür ein Jahrhundert seiner Freiheit opfern? Ihr vergeßt, daß die Sterblichen nicht dieselbe Lebensspanne haben wie wir. Wenn er wieder aus dem Ring auftaucht, wird er zu Staub zerfallen! Nein, er darf nicht für meinen Irrtum leiden; ich selbst sollte das tun.«

»O Weisheit!« schrie Gamal, klatschte in die Hände und grinste mit böser Freude. »Hört auf ihn, o Ihr Erhabenen! Dies eine Mal weiß Khalid, wovon er redet.«

Entweder hörte der Rat Gamal nicht, oder er ignorierte ihn.

»Mach dir keine Sorgen um den Sterblichen Haroun ben Hasan«, sagte der drittälteste Dschinn.

»Wenn er aus dem Ring herauskommt, wird er genauso alt sein wie er war, als er hineingegangen ist«, sagte der vierte.

»Und was ist mit Nour, die meine Herrin ist?« fragte Tamar mit tränennassem Gesicht.

»Hmmpf!« Der älteste Dschinn schnaubte. »Dumme Kreatur. In all meinen Äonen als Dschinn habe ich keinen Wunsch gehört wie den, den *sie* geäußert hat. Sie wird ebenfalls unverändert sein, nehme ich an.«

»Sie und er vielleicht, aber was ist mit der Welt?« rief Khalid aus. »Wird sie ebenfalls noch die gleiche sein, wenn sie herauskommen?«

»Was für eine Frage! Natürlich nicht.« Der älteste Dschinn zuckte die Achseln. »Kommt es darauf an?«

»Für Euch nicht.« Tamars Augen waren jetzt trokken, und sie starrte den Anführer des Rats durchdringend an. »Aber für einen Menschen macht es eine Menge aus.« Ohne ein weiteres Wort verwandtelte sie sich mit einem Fingerschnipsen in eine schmale Rauchsäule und stürzte sich in die Mitte des eisernen Rings.

»Für Euch kommt es nicht darauf an«, wiederholte Khalid. »Aber für die, die lange genug bei den Menschen gelebt haben, um sie als Freunde zu betrachten, macht es eine Menge aus.« Auch er verwandelte sich in Rauch und tauchte hinter Tamar her.

Der Rat und Gamal sahen den eisernen Ring eine ganze Weile an, zu verblüfft, um zu sprechen. Dann sagte der jüngste Dschinn: »Ich frage mich, ob wir nicht vielleicht einen kleinen Fehler gemacht haben, meine Herren. Wenn dieser Haroun ben Hasan ein so niederträchtiger Meister war, würde Khalid ihn dann so beredt verteidigen? Warum sollte er von den Menschen als seinen Freunden sprechen?«

»Weil Khalid ein Esel ist und immer ein Esel war«, zischte Gamal. Er warf einen wütenden Blick auf den Ring. »Wer außer einem Dummkopf würde für einen Menschen eintreten?«

Der jüngste Dschinn sah Gamal mit schmalen Augen an. »Wir haben nie herausbekommen, wer uns diese Botschaft über Meister Ismael gesandt hat, nicht?« bemerkte er beiläufig.

»Wieso starrt Ihr mich so an?« wollte Gamal wissen. »Ihr denkt doch wohl dabei nicht an mich?«

Der älteste Dschinn griff in einen seiner Ärmel und zog ein vielfach zusammengeknifftes Stück Papier hervor. »Nein, das haben wir nicht«, sagte er. »Aber zufällig habe ich die Botschaft hier bei mir. Ich werfe nie etwas weg.« Er schien stolz darauf. »Wir könnten immer noch einen Enthüllungszauber darüber werfen, wenn ihr es für wichtig haltet.«

»Das sterbliche Mädchen hielt es für wichtig«, sagte der jüngste der Dschinns.

»Das sterbliche Mädchen ist noch dümmer als dieser Holzkopf Haroun, und der ist noch dümmer als Khalid, und Tamar ist die dümmste Gans von allen!« kreischte Gamal. Er fuchtelte mit den Händen, und seine eigene Lampe erschien. Bevor eines der Ratsmitglieder eingreifen konnte, hob er den Deckel seiner Lampe auf, ergriff den eisernen Ring und ließ ihn hineinfallen. Mit einem entsetzlichen Siegesgelächter und einem hohen Auflodern orangefarbener Flammen verschwand Gamal.

Der jüngste der Dschinns griff nach der Lampe. Blaue Fünkchen knisterten auf und verbrannten ihm übel die Finger. »Wie konnte ich bloß so dumm sein?« sagte er und wedelte sie hin und her. »Die Lampe eines Dschinns ist seine Festung. Kein anderer Dschinn darf sie betreten, wenn er nicht dazu eingeladen wird.«

»Oder sie verlassen, außer, ein Sterblicher befreit ihn«, setzte der zweitälteste Dschinn hinzu.

Die beiden anderen Dschinns warfen einander bloß einen Blick zu und bemerkten: »Ach du meine Güte.«

»Aber das Verlies befindet sich darin!« wandte das älteste Ratsmitglied ein. »Khalid und Tamar sind da drinnen! Sie können den Ring verlassen, wann immer sie wollen, denn sie stehen nicht unter Strafe, aber sie können nicht aus Gamals Lampe fliehen. Was hat er wohl mit ihnen vor?«

Der Gewandsaum des ältesten Dschinns schlug Falten. Boabdil, der Kater, steckte die Nase heraus, schnupperte in der Luft nach Gefahr, trat dann nach draußen und trottete zu der Lampe. »Tja, ich glaube nicht, daß er sie zu einer Scherbett-Party einladen wird.« Er setzte sich und besah sich den Rat. »O ihr Weisen, wenn ihr euch schon in die Nesseln setzt, dann aber ordentlich.«

Nach einer Zeit, die ihm wie Stunden vorkam, holte Khalid im Inneren des eisernen Rings endlich Tamar ein. Sie flog den anscheinend endlosen, geschwungenen Gang entlang, als er sie am zarten Saum ihres Gewands faßte und zum Halten brachte. So überrascht wirkte sie, ihn zu sehen, daß er meinte: »Was denn? Dachtest du, ich würde zulassen, daß du ihnen allein folgst?«

Tamars Lächeln erhellte die schmutziggraue Umgebung. »Ich bin froh, deine Hilfe zu haben.« Sie reichte ihm ihre Hand. »Ich schätze, wir beiden sind wohl die einzigen Dschinns im ganzen Universum, die glauben, daß menschliche Wesen es wert sind, sich um sie zu sorgen.«

»Dann müssen wir beisammen bleiben, damit wir nicht andere Dschinns mit unseren gefährlichen Ideen anstecken.« Khalids Hand schloß sich um die ihre, und zum erstenmal in seinem Leben sah er wirklich glücklich aus. »Bei den Menschen kommt es bloß darauf an, sie zu verstehen. Ich würde sogar wagen zu behaupten, daß sie sich gar nicht so sehr von uns unterscheiden. Fürst Haroun und ich haben in den Pausen zwischen seinen Wünschen oft sehr interessante Gespräche geführt, und er hätte es schließlich nicht nötig gehabt, menschliche Diener anzustellen, um mir im Palast zu helfen. Ein gutes Herz kann sich nicht für immer verbergen.«

»Wie wahr«, stimmte Tamar zu. »Mit meiner Herrin, Prinzessin Nour, ist auch leicht auszukommen.« Sie blickte sich in ihrer düsteren Umgebung um und erschauerte. »Ich hoffe nur, daß es ebenso leicht sein wird, sie zu finden.«

»Ich glaube nicht, daß es so schwierig sein dürfte«, meinte Khalid. »Dies ist schließlich ein Ring. Er dreht sich einfach im Kreis.«

»Und dreht sich und dreht sich«, sagte Tamar. »Wenn Nour und Haroun in dieselbe Richtung gehen wie wir und sie immer weiterlaufen, holen wir sie vielleicht nicht ein.«

»Dann werden wir nicht gehen, meine Dame«, Khalid erhob sich schwebend von dem eisernen Boden und nahm Tamar mit. »Wir werden fliegen.«

Und sie flogen. Es war einer der langweiligsten Flüge, die sie je erlebt hatten. Das Innere des Rings blieb immer gleich. Stets umgab sie dasselbe stumpfe Grau. Nicht lange, und die beiden Dschinns entdeckten ein Naturgesetz, das den Menschen schon seit Ewigkeiten bekannt ist: Langeweile bewirkt, daß die Zeit sich in die Länge zieht wie ein Kaugummi.

»Wie lange fliegen wir schon?« fragte Tamar.

»Tage«, erwiderte Khalid stöhnend. »Monate, vielleicht Jahre. Wer weiß?« Er landete leichtfüßig und setzte sich auf den harten, geschwungenen Boden. »Vielleicht haben wir übereilt gehandelt, Tamar. Was können wir für Haroun und Nour tun, wenn wir sie tatsächlich finden? Er ist dazu verurteilt, hundert Jahre in diesem Gefängnis zu bleiben, und sie kann ihn auf ihren eigenen Wunsch hin nicht verlassen. Wir können die beiden hier überhaupt nicht herausholen.«

»Nun, wir können ... wir können sie beschützen«, antwortete Tamar.

»Wovor schützen?«

Tamar landete ebenfalls, setzte sich neben Khalid und sah sich um. Sie sah nur graue Leere, soweit das Auge reichte. »Der Rat hat gesagt, dies sei ein Gefängnis, und ich dachte, vielleicht hätten sie hier drin etwas angestellt, um irgendeinen Dschinn von dem Versuch abzuhalten, einzubrechen und Meister Ismael zu befreien. Du weißt schon: bodenlose Sümpfe, Wüsten ohne Weg und Steg, entsetzliche Ungeheuer.«

»Solche Barrieren sind unnötig. Welcher Dschinn würde den Versuch wagen, Meister Ismael zu befreien, wenn er weiß, daß der Rat es früher oder später herausbekommen würde?« Khalid seufzte. »Ein entsetzliches Ungeheuer würde hier wenigstens ein bißchen Leben in die Bude bringen.«

Vielen Dank, das würde es bestimmt, aber zufällig bin ich der Meinung, daß dieser Ort lebendig genug aussieht, so wie ich ihn jetzt hergerichtet habe! Die Stimme donnerte durch den endlosen eisernen Korridor und ließ die Wände erbeben. Tamar schrie auf und warf sich in Khalids Arme.

»Was ist das? Was ist das?« keuchte sie mit fest zusammengepreßten Augen.

»Wie soll ich das wissen?« rief er kläglich. Er hielt die Augen ebenso fest geschlossen wie sie.

Also wirklich, meine Kinder, ließ die Stimme sich wieder vernehmen, *ich hätte eine freundlichere Begrüßung erwartet. Ich wollte niemandem etwas tun. Seht mich an. Ihr habt mir gefehlt.*

Sehr vorsichtig öffneten Khalid und Tamar die Augen. Der stumpfgraue Korridor war verschwunden. Statt dessen fanden sie sich auf einem dichten Rasenteppich neben einem Brunnen aus Elfenbein sitzend wieder. Nicht weit entfernt stand ein Wäldchen mit schlanken, eleganten Bäumen, wo sich Fasanen und Rotwild ergingen. Dort, wo der Rasen an den Waldrand grenzte, erhob sich ein Zelt aus Seidenstoff, weiß mit blauen und goldenen Streifen. Ein einfaches blaues Banner mit einer Silberschale darauf flatterte von der Spitze der mittleren Zeltstange.

Aus dem Inneren des Zelts rief die Stimme: *Tretet ein! Tretet ein! Wir warten auf euch.*

»Oh!« schrie Tamar erleichtert. »Jetzt erkenne ich die Stimme!«

»Ich auch«, rief Khalid aus. Die beiden rannten um die Wette, um zuerst im Zelt zu sein, und stolperten schließlich am Eingang übereinander. Als sie der Länge nach auf dem edlen Teppich lagen, hörten sie ein vertrautes Lachen.

»Khalid, alles, was ein Dschinn anstellt, fällt auf seinen Besitzer zurück. Ich wünschte, du würdest mich nicht so in Verlegenheit bringen.« Fürst Haroun hüstelte und setzte dann hinzu. »Oh, habe ich gesagt, *ich wünschte*? Tut mir leid. Die Macht der Gewohnheit.«

Khalid stand auf und half Tamar auf die Füße. Er sah seinen einstigen Meister auf einem Sessel sitzen, der geeignet war, den Thron eines Königs darzustellen. An seiner Seite saß Prinzessin Nour auf einem ähnlichen Sessel. Ein kupferner Tisch, der sich unter allen Arten von Speisen und Getränken bog, war vor den beiden aufgebaut, und hinter ihnen stand Meister Ismael.

»Siehst du?« sagte Khalids alter Lehrer und deutete stolz auf das Zelt und alles, was es umgab. »Ich glaube, ich habe es ganz gut angestellt, mir mein Gefängnis ein wenig bequemer zu gestalten.«

»In der Tat, so ist es, Meister Ismael«, sagte Khalid und bewunderte all die wunderbaren Dinge, die es im Zelt gab. Zwischen den vielen Zeltstangen hingen Wandbehänge mit komplizierten Stickereien, von denen jeder einen Teil der Geschichte von König Salomo erzählte. Der Boden war bedeckt mit dicken Kissen und Teppichen in leuchtenden Farben; genau in der Mitte versprühte ein winziger Silberbrunnen eine Fontäne aus Rosenwasser. Doch ungeachtet all dieser Wunder war der Gegenstand, der Khalids Aufmerksamkeit vor allen anderen auf sich zog, ein einfaches, unverziertes Schwert, daß an seinem Griff an einem Lederriemen über dem Silberbrunnen hing. Der Riemen selbst war in der dünnen Luft festgeschlungen. »Ist dies ...? Kann das ...?« keuchte Khalid und starrte das Schwert an.

»Genau das«, erwiderte Meister Ismael feierlich. »König Salomos Schwert. Man hat mir erlaubt, es mit in mein Verlies zu nehmen, als besondere Vergünstigung des Rats.«

Nour lachte. »Wenn alle Gefängnisse wären wie dieses, würden uns die Verbrecher die Tür einrennen.«

Meister Ismael runzelte die Stirn. »Laß dich nicht täuschen, mein Kind. Meine bescheidenen Zauberkräfte haben mir erlaubt, all das zu schaffen, was du hier siehst, und doch reichen sie nicht aus, um mich diesen Ort als etwas anderes sehen zu lassen als ein Gefängnis. Ich weiß, daß ich nicht frei bin. Die stärksten Gitter sind die, die mein Herz umgeben.«

»Wie wahr«, sagte Nour. »Dennoch bin ich nicht imstande, diesen Ort als ein Gefängnis zu betrachten, und wenn ich hundert Jahre hier bleiben muß.« Sie streckte den Arm aus und nahm Harouns Hand. »Wo er ist, da werde ich auch sein; eine andere Freiheit brauche ich nicht.«

»Und ich ebenfalls nicht«, sagte Haroun. Er lächelte Meister Ismael an und setzte hinzu: »Natürlich habe ich auch nichts dagegen, mir den Bauch mit diesem ganzen Limonen-Pekannuß-Scherbett vollzuschlagen.« Er deutete beiläufig auf die bereiften Schalen auf dem kupfernen Tisch.

»Limone-Pekannuß?« Khalid machte einen Hechtsprung darauf zu, reichte Tamar eine der eiskalten Schalen, und bald saßen sie alle auf Kissen um den Tisch herum und leckten sich die Lippen angesichts von Meister Ismales Freigebigkeit. »Dies ist ja sehr nett«, bemerkte Khalid einige Zeit später und schleckte seinen Löffel sauber. »Aber das ändert immer noch nichts an der Tatsache, daß Tamar und ich gekommen sind, um euch alle hier herauszuholen.«

»Wie denn?« fragte Meister Ismael. »Der Rat ...«

»Ich werde dem Rat klarmachen, daß Ihr nicht schuld seid an dem, was geschehen ist«, erwiderte Khalid. »Wenn sie einen Gefangenen haben wollen, werde ich ihnen sagen, sie sollen mich nehmen.«

Tamar rückte an ihn heran und legte die Arme um ihn. »Und mich. Du wirst die hundert Jahre nicht allein verbringen.«

O doch, das wird er!

Ein grimmiger Wind raste durch den Zelteingang und riß einen Teil des Seidenstoffs fort. Draußen rannte das Rotwild davon und brüllte vor Entsetzen, als die schönen Bäume mit den Wurzeln ausgerissen wurfen. Die Fasanen erhoben sich in die Luft, doch der düstere Windstoß rupfte ihnen das prächtige Gefieder vom Leib. Das Gras verdorrte und starb.

Purpurfarbenes und grünes Feuer fiel auf das Zeltdach und sengte es ab. Salomos Schwert schwang hin und her, am Ende seiner Kräfte. Das riesige Gesicht von Gamal spähte auf sie herab; die gelben Augen waren kalt vor Haß. *Ihr seid jetzt alle meine Gefangenen,* brüllte er hämisch. Die Worte gellten in ihren Ohren, obwohl er die Lippen nicht bewegte. *Dieses jämmerliche kleine Verlies liegt jetzt in meiner eigenen Lampe. Selbst wenn der Rat euch freigibt, kann keiner von euch ohne meine Erlaubnis hinaus.*

Nour neigte sich zu Tamar und flüsterte: »Ist das wahr?«

Tamar nickte finster. »In seiner eigenen Lampe ist ein Dschinn der Meister aller Dinge. Kein magisches Wesen kann sie betreten oder verlassen, wenn er es nicht gestattet, und selbst er kann nicht aus der Lampe erscheinen, ohne daß ein Sterblicher ihn freiläßt.« Ihr Mund nahm einen harten Ausdruck an. »Gamal muß uns sehr hassen, daß er uns so weit gefolgt ist.«

Das habe ich gehört, Tamar, schrie der häßliche Dschinn. *Dich hassen? Nein. Es gibt nur einen, den ich hasse.* Sein Gesicht schien flammende Pfeile in Khalids Herz zu schießen. *Ich habe zu lange gehaßt, doch bald wird es vorüber sein. Komm heraus, Khalid, und kämpfe gegen mich. Ich fordere dich zu einem Duell der Zauberkräfte. Sobald es vorbei ist und du vernichtet bist, hast du mein Wort, daß ich den Rat auffordern werde, die anderen freizulassen.*

»Ich habe keine Angst vor dir«, sagte Khalid und stand auf. »Und ich glaube noch nicht, daß ich es bin, der vernichtet wird.« Er schickte sich an, auf den zerfetzten Ausgang zuzugehen, doch Tamar klammerte sich an ihn und hielt ihn auf.

»Geh nicht!« rief sie aus. »Ich traue seinem Wort nicht mehr als dem einer Schlange.«

Harte Worte. Gamals Stimme dröhnte in ihren Köpfen, und sein widerwärtiges Lachen klang wie hohe Wellen, die ans Ufer schlagen. *Wieso zweifelst du an mir, Tamar?*

»Weil die Wahrheit, die diese Gefangenen befreien wird, dieselbe Wahrheit ist, die den Rat dazu bringen wird, dich an ihrer Stelle einzusperren«, erwiderte sie.

So ist es. Doch meine Gefangenschaft wird mir nichts ausmachen, solange du sie mit mir teilst.

Tamar schüttelte ungläubig den Kopf. »Du bist verrückt.«

Das bin ich nicht. Du, nicht ich, hast verlangt, daß ich die Gefangenen befreien soll. Gamal grinste anzüglich auf sie herab. *Gib mir dein Wort, daß du so lange bei mir bleiben wirst, wie der Rat mich gefangenhält, und ich werde ihnen die Wahrheit darüber sagen, wer Meister Ismael verraten, wer den eisernen Ring gestohlen hat und wie es dazu kam, daß er an Haroun ben Hasans Hand steckte.*

»Du wirst ihnen die Wahrheit sagen, ohne daß sie dir etwas verspricht!« schrie Khalid. »Dafür werde ich sorgen.« Er schüttelte Tamars Arme ab und schritt aus dem Zelt.

Gamal schnalzte mit der Zunge, und ein mitleidiges Lächeln breitete sich zuckend über sein riesiges Gesicht. *Es wird nicht lange dauern.* Das Gesicht verschwand. Einen Augenblick später wurde das ganze Zelt von der Schockwelle einer heftigen Detonation erschüttert.

14

Sie rannten aus dem Zelt und sahen gerade noch, wie zwei Flammensäulen zusammenstießen. Die eine war von einer Farbe wie Asche und verkohltes Holz, die andere war blitzendes Silber und frühlingsgrün. Die Luft stank so entsetztlich, daß die Menschen die Hände vor Nase und Mund schlugen und dennoch entsetzlich würgten und husteten. Jede Spur des künstlichen Sonnenlichts, das Meister Ismael beschworen hatte, um sein Gefängnis zu erhellen, schien zerronnen. In der schrecklichen Düsternis traten die beiden Dschinns zum Kampf an.

Das dunkle Feuer löste sich auf und nahm die Gestalt eines Drachen mit bronzenen Augen und Krallen, so lang wie Speeren, an. Mit Zähnen und Klauen schlug es nach der grünsilbernen Flamme und hüllte sie dann in einem Strom giftigen Rauchs aus seinem furchtbaren Maul. Die hellere Flamme zuckte zurück, aber nur einen Augenblick. Dann nahm sie ebenfalls eine andere Gestalt an und ragte als Greif hoch in den grauen Himmel. In seinem Leib wohnte die Stärke eines Löwen und in seinem Haupt und seinen Schwingen die majestätische Kraft eines Adlers. Er warf sich in die Luft und ging im Sturzflug auf den Drachen los. Das Monstrum kreischte und kroch vor Angst in sich zusammen.

Doch als der Greif versuchte, zu einem zweiten Angriff aufzusteigen, verwandelte sich der Drache in eine Schlange, wand sich um die Hinterbeine des Greifs und zog ihn herunter. Einen Moment kämpfte der Greif dagegen an, dann schien er zu zerfließen. Ein Strom grünsilbrigen Wassers floß mit Leichtigkeit zwischen dem verschlungenen Körper der Schlange hindurch und versickerte im Boden.

Gamal wand sich in diese und jene Richtung, frustriert und zornig, daß Khalid ihm entwischt war. Sein weitaufgerissenes Maul zeigte eiskalte Fänge, von denen Schlangengift troff. Seine Wut war so groß, daß er aussah, als hätte er sich am liebsten selbst gebissen. Dann entdeckte er eine neue Zielscheibe für seinen Zorn. Sein flacher Kopf schwang langsam herum, und seine lidlosen schwarzen Augen richteten sich auf die Menschen. Mit einem lauten Zischen schnellte er auf Haroun und Nour zu.

Dicke silbergrüne Bambusstangen schossen zwischen der Schlange und den Sterblichen aus dem Boden. Jeder Stamm war dicker als das Bein eines Mannes und hart wie Eisen. Die Schlange krachte geradewegs gegen die raschelnde Wand und torkelte verblüfft rückwärts. Schatten huschten in dem Bambuswall und zeigten die verwischten Konturen von Khalids lachendem Gesicht. Eine aus einer Weinrebe geformte Schlinge schoß aus dem Bambusdickicht hervor und versuchte, die Riesenschlange zu fangen, während sie noch am Boden lag.

Gamal war zu schnell. Er behielt seine Gestalt, ließ sich aber auf die Größe eines winzigen Schlängchens zusammenschrumpfen und glitt durch die Schlinge. Gedankenschnell schlängelte er sich mitten in den Bambuswall hinein, wand sich um eine der Stangen und versuchte, seine Giftzähne hineinzuschlagen.

Der Bambus wurde zu einem Geist, und die Fänge des Schlängchens klappten über dem Nichts zusammen. Musik erfüllte das eiserne Verlies, eine Musik, die die geschwungenen Wände und den Boden in starke Vibrationen versetzten. Das Schlängchen konnte seinen Feind nicht sehen, und da Schlangen keine Ohren haben, konnte Gamal die Musik nicht hören, in die Khalid sich verwandelt hatte. Er konnte sie zwar nicht hören, doch sehr bald begann er sie zu spüren. Die Vibrationen wurden heftiger. Die vielen Noten der Musik wurden zu einem einzigen Ton wie das Geläut einer großen Messingglocke. Nour und Haroun spürten es ebenfalls, und selbst die Dschinns, Tamar und Meister Ismael, mußten sich die Ohren zuhalten, als der Ton fortdröhnte, lauter und lauter.

Zuerst sorgten die Vibrationen nur dafür, daß Gamal in Gestalt des Schlängchens sich unwohl fühlte, ohne zu wissen warum. Der Boden unter seinem Bauch summte, und das Summen breitete sich nach und nach in seinen Körper aus. Gamal wurde durchgeschüttelt, und es schien, als wollte der anschwellende Ton nicht aufhören, bis er seine zarten Schlangenknöchlein gesprengt hätte. Er versuchte, die Gestalt zu wechseln, aber bis er bemerkt hatte, was vor sich ging, hatte der Klang ihn schon in den Klauen, und sein Bewußtsein war so von Panik erfüllt, daß er sich nicht darauf konzentrieren konnte, einen Zauber zu vollführen. Sein kleiner Mund stand offen, die gespaltene Zunge hing heraus, und mit einem letzten schwachen Zischen brach er zusammen, schlaff und bewegungslos.

Der Ton hörte auf. Der eiserne Ring vibrierte nicht mehr. Farbenfrohe Flocken rieselten aus der Luft und verwandelten sich in Khalid. Mit einem Freudenschrei rannte Tamar zu ihm.

»Gut gemacht«, sagte Meister Ismael und verneigte sich vor seinem Lieblingsschüler.

Nour drückte Harouns Hand. »Ich bin ja so froh, daß es vorüber ist.«

Haroun starrte immer noch auf den winzigen Schlangenkörper. Ohne ein Wort bedeutete er Nour, seine Hand loszulassen und ging dann in das zerstörte Zelt. Einen Moment später kehrte er mit dem Schwert König Salomos zurück und ging direkt dorthin, wo Gamal lag. »Mein Vater hat mir nicht viel Geld hinerlassen, als er starb«, sagte er, »aber dafür jede Menge guter Ratschläge. ›Mein Sohn‹, pflegte er zu sagen, ›trau keiner toten Schlange, bis du ihr nicht den Kopf abgeschlagen hast.‹« Er hob das Schwert.

Ein weiser Mann, dein Vater! Der Körper des Schlängchens brach auf, und Gamal sprang hervor. Er riß Haroun mühelos Salomos Schwert aus den Händen und schleuderte es aus seiner Reichweite. Alle konnten seine Worte in ihren Gedanken hören. *Es wird mehr als ein Liedchen brauchen, um mich zu vernichten, Khalid,* dachte er höhnisch, *aber ich glaube, um dieses Menschenwesen loszuwerden, ist viel weniger nötig.*

»Laß ihn gehen, Gamal!« schrie Khalid. »Das Duell ist vorüber; ich habe auf faire Art gewonnen.«

Laut sagte Gamal: »Schön, wenn du gewinnst, verliert er. Du hast immer noch Zeit, dich geschlagen zu geben.«

»Das ist nicht fair!« Nour stampfte mit dem Fuß auf, die Hände zu Fäusten geballt. »Er *hat* gewonnen! Warum sollte er dir nachgeben?«

»Ich habe nie gesagt, daß er nachgeben *muß.*« Gamal grinste und drehte die Hände so, daß sie alle sehen konnten, wie dicht seine Klauen um Harouns Hals lagen. »Khalid kann seine Wahl treffen, und ich meine.«

»Du abscheulicher Lügner!« Nour war so wütend, daß sie ihre Meinung sagte, ohne weiter darüber nachzudenken, ob es klug war, Gamal zu beschimpfen, während er Haroun als Geisel hielt. »Als du mir von all den Regeln erzählt hast, die ihr Dschinns befolgen müßt, da hast du gelogen wie ein Kamelhändler! Wo sind denn jetzt deine berühmten Regeln?«

»Regeln sind etwas für Dummköpfe«, erwiderte Gamal hämisch. »Ach, ich folge ihnen schon, aber nur, wenn diese alten Vogelscheuchen vom Rat ein Auge auf mich halten. Sonst mache ich, was ich will, und dieser Haufen tattriger Fossilien kommt nie dahinter.«

»Ohhhh, du ... du ... *du* ...!« Nours Gesicht lief hochrot an. Sie kochte innerlich wie ein Wasserkessel, während sie nach genau den richtigen Worten suchte, um Gamal zu sagen, wie gemein und hasssenswert und abstoßend sie ihn fand. Sie war so wütend, daß ihr kein Schimpfwort schrecklich genug schien, um ihn damit zu belegen, und der Zorn, der sich in ihr aufstaute, gab ihr das Gefühl, sie würde gleich explodieren. Dann, als sie dachte, sie würde platzen, schlich sich ein Gedanke wie ein Flüstern in ihr Bewußtsein: *Gemach, gemach. Wünschtet Ihr nicht wahrhaftig, die Ratsmitglieder selbst wären hier, um zu hören, was Gamal von ihnen hält?*

»Ja!« rief Nour laut aus. »Ja, ich wünschte wirklich, die Ratsmitglieder wären hier und würden erfahren, was du gerade über sie gesagt hast!«

»Ich höre und gehorche«, sagte Tamar.

Eine Hand legte sich zornesschwer und gebieterisch auf Gamals Schulter. Eine weitere schloß sich um sein Handgelenk, so daß er Haroun losließ. Zwei andere Hände tauchten hiner ihm auf und schoben ihn voran, während ein Fuß in einem Seidenpantoffel sich vor ihm ausstreckte und ihn zu Fall brachte. Bis der völlig verblüffte Gamal sich aufgerappelt hatte, standen die fünf Mitglieder des Rats im Kreis um ihn herum.

»Vogelscheuchen, ja?« Die rubinroten Augen des ältesten Dschinns waren kälter und härter als gewöhnlich.

»Tattrige Fossilien sind wir?« fragen der jüngste.

»Regeln sind etwas für Dummköpfe, sagst du?« Der zweitälteste wippte mit dem Fuß.

»Du befolgst sie nur, solange wir dich im Auge haben, nicht wahr?« Der drittälteste lächelte, aber es war kein beruhigendes Lächeln.

»Mein lieber Kollege, warum sollte er anders handeln?« wies der viertälteste ihn zurecht. »Wir kommen ja doch nie dahinter. *Oder?*» Sein Grinsen war noch furchteinflößender als das seines Freundes.

»Gamal, es ist vorbei mit deinen Schandtaten«, hob das das älteste Ratsmitglied an. »Wir haben entdeckt, daß du es warst, der Meister Ismael beschuldigt hat, und nun sehen wir, daß du es nicht getan hast, um der Gerechtigkeit zu dienen, sondern nur, um dir selbst einen Gefallen zu tun.«

»Und dazu kommt noch«, fiel der jüngste Dschinn ein, »daß du aus irgendeinem finsteren Grund das Verlies deines alten Lehrers gestohlen hast. Dessen sind wir uns sicher, obwohl wir nicht wissen, wie Haroun ben Hasan dazu gekommen ist ...«

»Gamal hat es gestohlen und dann mir gegeben!« erklärte Prinzessin Nour.

Alle fünf Ratsmitglieder warfen ihr finstere Blicke zu. »Schweig still, Menschenwesen«, sagte der älteste Dschinn. »Wir brauchen deine Hilfe nicht, um unsere Angelegenheiten zu regeln.«

So unerschrocken wie nur je erwiderte Nour: »Wenn mein Wunsch nicht gewesen wäre, hättet Ihr nie erfahren, was Gamal wirklich von Euch hält! Er ist ein Lügner und Betrüger.« Sie erzählte ihnen von den

Märchen, die Gamal ihr über den eisernen Ring und seine Kräfte aufgetischt hatte. »Nun weiß ich, daß er gehofft hatte, ich würde ihn Khalid geben, damit er die Schuld an dem Diebstahl bekommen würde.«

»Und so wäre es auch gekommen«, knurrte Gamal, »wenn ihr Menschen nicht so flatterhaft wäret, wenn es um Liebe geht!«

»Wir benötigen vielleicht eine Weile, um uns schlüssig zu werden«, antwortete Nour, »aber wenn wir einmal entschieden haben, braucht es keine Zauberringe, um unsere Liebe am Leben zu halten.« Sie streckte die Hand aus, und Haroun rannte zu ihr, um sie zu ergreifen. Stolz stand er an ihrer Seite, während sie sprach: »Noch ein weiteres Verbrechen müßt Ihr auf Gamals Liste setzen. Als er mir zum erstenmal erschien, wollte er, daß ich *ihn* bestimmen ließ, wie ich meinen letzten Wunsch gebrauchen würde. Ich kann mir schon vorstellen, was für einen Streich er mir gespielt hätte, wäre ich dumm genug gewesen, das zuzulassen!«

»Ein Dschinn, der sich in die Wünsche einmischt, die ein anderer gewährt hat?« Das älteste Ratsmitglied runzelte die Stirn. »Das ist eine ernste Anschuldigung. Und auch noch ihren letzten Wunsch. Wahrhaftig, hätte sie den vergeudet, hätte sie sich niemals wünschen können, für immer bei diesem edlen jungen Sterblichen zu bleiben, und dann hätten wir vielleicht niemals erfahren ...«

»Im heiligen Namen der Magie und der Mathematik, haltet ein!«

Der eiserne Ring bebte. Der jüngste Dschinn hielt vier Finger in die Höhe, die in der Düsternis leuchteten wie Sterne an einem Sommerhimmel. »Jeder Dschinn lernt, den Sterblichen, denen er dient, pro

Kopf nicht mehr als drei Wünsche zu gewähren. Es geht schon einmal etwas daneben, aber nicht oft. Die Regeln existieren, und nur *wirkliche* Dummköpfe glauben, daß sie damit durchkommen, sie nicht zu befolgen. Dieses Mädchen hat seinen letzten Wunsch gebraucht, um Haroun ben Hasan zu folgen, und doch wurde ihr ein vierter Wunsch erfüllt, um uns hierherzuholen. Wer hat das getan? Wer hat ihr einen Wunsch gewährt, der ihr nicht zustand?« Sein anklagender, durchdringender Blick wanderte von Gamal zu Khalid und weiter zu Tamar, wo er anhielt.

Tamar neigte den Kopf. »Bestraft mich dafür«, sagte sie.

»Das werden wir«, sagte der älteste Dschinn, »sobald wir alle hier herauskommen. Auch Ihr, Meister Ismael. Der Rest Eurer Strafe ist Euch hiermit erlassen. Gamal soll dieses schöne Verlies die nächsten tausend Jahre für sich allein haben!«

»Vielleicht ein Jahrhundert weniger für gute Führung«, warf der jüngste Dschinn ein. »Laßt uns verschwinden!« Der Ratsmitglieder faßten sich an den Händen, und Tamar und Khalid nahmen Haroun und Nour, bereit, aus dem eisernen Gefängnis davonzufliegen.

Nichts geschah.

Gamal kicherte böse. »Wenigstens wird es mir während dieser tausend Jahre nicht an Gesellschaft mangeln.«

»Was hat das zu bedeuten?« wollte Haroun wissen.

»O weh, das hatten wir vergessen.« Der jüngste Dschinn ließ den Kopf hängen. »Gamal hat den eisernen Ring in seine eigene Lampe geworfen, und dies ist ein Gefängnis, aus dem kein Dschinn entfliehen kann, wenn nicht ein Sterblicher ihn herausruft.«

»Nun, dann nehme ich an, wir müssen warten, bis jemand an der Lampe reibt.« Nour schien das nicht zu beunruhigen. »Das dürfte nicht allzu lange dauern.«

»Ach ja?« Gamal bleckte böse all seine Zähne. »Wir haben alle Sterblichen in Haroun ben Hasans Haus verschreckt. Ich wette, daß sie zu dieser Stunde in der ganzen Stadt erzählen, daß es im Palast spukt, daß er ein Ort mächtiger und böser Magie ist. Niemand wird es wagen, hineinzugehen. Niemand wird die Lampe finden. Niemand wird unerschrocken genug sein, um sie zu berühren, und erst recht sie zu reiben.« Er streckte sich auf dem blanken Boden aus, als sei er der weichste Diwan. »Wir werden alle eine ganze Weile hier drinbleiben.«

»Das bezweifle ich«, sprach von oben jemand mit sanfter, knurrender Stimme. Jäh fiel ein Lichtstrahl auf alle Gefangenen. Sie blickten auf, doch das Licht war zu hell, um etwas zu erkennen.

»Oh!« rief Tamar aus. »Oh, spürt Ihr es auch?« Ihre Hand schloß sich um die Nours.

»Was ist los? Was ist?« fragte die Prinzessin. Alle Dschinns außer Gamal hielten die Augen geschlossen und das Gesicht dem Licht zugewandt.

»Es ist ... es fühlt sich an wie ... ach, verlangt nicht von mir, es zu beschreiben!« keuchte Khalid. »Kein Mensch kann das je nachfühlen.«

»Die Lampe!« Die Stimme des ältesten Dschinns hatte die ganze Härte des Alters verloren, als mache eine sehr seltsame und wunderbare Kraft ihn wieder so jung wie Khalid. »Jemand reibt an der Lampe!«

»Nein!« brüllte Gamal. »Das ist nicht möglich!«

»Möglich oder nicht, es geschieht«, sagte der jüngste Dschinn strahlend. Er begann sich in die Luft zu heben. Immer höher stieg er, bis er durch das eiserne

KELLY FREAS '91

Dach des Rings gezogen wurde. Einer nach dem anderen folgten die übrigen, zuerst der Rat, dann Tamar, dann Nour, dann Khalid, und schließlich …

»Wartet einen Augenblick!« Haroun ließ Khalid los und eilte davon. Mit dem Schwert Salomos kam er zurückgerannt, konnte gerade noch nach der Hand des Dschinns greifen und wurde in die Höhe gezogen.

»Nein, nein, *nein*!« Gamal lag allein in dem Lichtkreis und trommelte mit den Fäusten und den Füßen auf den Boden. »Das kann nicht sein! Es ist niemand mehr im Palast gewesen! Niemand kann an der Lampe gerieben und sie freigelassen haben!«

»Sei vorsichtig damit, wen du einen Niemand nennst«, sagte Boabdil, der Kater, und knallte mit der Nase den Deckel von Gamals Lampe zu. Der niederträchtige Dschinn saß im Dunkeln.

15

Der älteste Dschinn strich sich nicht existierende Knitterfalten aus dem Gewand und räusperte sich gewichtig. Die erste Aktion der Ratsmitglieder, nachdem sie Gamals Lampe verlassen hatten, war eine Beratung über Tamars Strafe gewesen, weil sie zusätzliche Wünsche gewährt hatte. Nun waren sie bereit, und Tamar wartete nervös darauf zu hören, was sie zu sagen hatten.

Khalid weigerte sich, von ihrer Seite zu weichen. »Was immer sie beschließen, dir anzutun, das werden sie auch mit mir tun müssen«, versprach er.

»Sie werden ihr gar nichts tun«, erklärte Haroun und hob das Schwert Salomos. »Ich werde es nicht zulassen. Wenn sie Nours vierten Wunsch nicht erfüllt hätte, hätten sie das mit Gamal niemals erfahren.«

Der älteste Dschinn starrte ihn finster an. »Leg das weg. Wenn du einen Dschinn erschrecken willst, brauchst du die richtige Art von Magie. Der einzige Zauber, der auf dieser alten Gurke liegt, ist einer, durch den du jeden anderen Menschen besiegen wirst. Ich würde dir nicht raten, ihn an uns auszuprobieren.«

»Oh«, sagte Haroun. Er legte das Schwert langsam neben sich nieder.

»Und nun, Tamar, höre den Beschluß des Rats!« Die Worte des ältesten Dschinns erfüllten Fürst Harouns Palast wie das Hufgedonner einer Herde von Schlachtrössern. Tamar fiel auf die Knie und verbarg ihr Gesicht. Khalid kniete neben ihr nieder. Seine Miene zeigte eine Mischung aus Hilflosigkeit, Wut und Zorn.

»Ich *wünschte*, du würdest nicht so schreien«, sagte

Boabdil, der Kater. »Tatsächlich, ich *wünschte,* du würdest überhaupt nichts mehr sagen, bis ich dir die Erlaubnis dazu erteile.«

Der älteste Dschinn öffnete den Mund. Es kam nichts heraus.

»Oh, gut«, sagte Boabdil. »Es hat sogar funktioniert, ohne daß er gesagt hat ›ich höre und gehorche‹. Aber natürlich, wie hätte er etwas sagen können, nach dem, was ich gewünscht habe? Die beste Art von Magie ist die, die einen Sinn ergibt.« Er wedelte mit dem Schwanz und rieb sich an den Knöcheln des ältesten Dschinns. »Ich werde den letzten Wunsch, den *du* mir schuldig bist, aufsparen, um dir das Reden wieder zu gestatten, keine Angst.« Dann wandte er sich den anderen Dschinns zu. »Hmmm, vier plus Meister Ismael plus Khalid plus ... nein, nein, von Tamar kann ich nichts verlangen ...

Nun, das macht immer noch sechs Dschinns zu je drei Wünschen oder ...« Boabdil kniff konzentriert das eine Auge zu. »Ich *wünschte,* ich wäre besser in Mathematik.«

»Ich höre und gehorche«, platzte der jüngste Dschinn heraus und blickte dann so verblüfft drein, als hätte sich eben ein Fremder seinen Mund ausgeliehen.

»Achtzehn!« rief Boabdil aus, überglücklich über sein neues Talent. »Abzüglich des einen Wunsches, den du eben erfüllt hast«, setzte er hinzu, an das jüngste Ratsmitglied gewandt. »Immerhin, siebzehn Wünsche sollte keine Katze, die ihr Fell wert ist, geringschätzen.«

»Was ist passiert? Was für Wünsche? Was hat dieses kleine Vieh getan? Was meint es damit?« Die Ratsmitglieder, die sprechen konnten, redeten alle auf einmal, bis die unbeantworteten Fragen so dicht im Raum standen, daß die Luft zum Schneiden war.

»Ich *wünschte*, ihr würdet mir zuhören!« zischte Boabdil sie an, und augenblicklich taten sie es. »Hmm. Nur noch sechzehn Wünsche, aber es ist die Sache wert gewesen. Nun hört zu: Ich habe euch aus der Lampe befreit. Muß ich euch sagen, was ihr mir für diesen kleinen Dienst schuldig seid?«

»Drei Wünsche«, sagte der zweitälteste Dschinn zögernd.

»Pro Nase, wie es scheint«, sagte der drittälteste.

»Aber *nicht mehr* als drei pro Nase«, verwies ihn der viertälteste.

»Sicher doch«, schnurrte Boabdil. »Diese Regel brauchst du mir nicht einmal zu erklären. Alle Katzen wissen, was zuviel ist, ist zuviel. Gier ist etwas für Menschen und andere Kreaturen, die nicht das Glück gehabt haben, als Katzen geboren zu werden.«

Alle Dschinns außer Tamar verneigten sich vor dem Kater, und alle Dschinns außer Tamar und dem zum Schweigen verurteilten ältesten Ratsmitglied fragten: »Wie lautet dein Wunsch, o Meister?«

Wie üblich war es der jüngste, dem etwas auffiel.

»Tamar, du bist wie wir alle aus der Lampe befreit worden. Warum verbeugst du dich nicht vor unserem neuen Meister?«

»Das kann sie nicht«, erwiderte der Kater an ihrer Stelle.

»Wieso nicht? Sie ist mit uns in der Lampe gewesen.«

»Tss, tss. Ich hätte gedacht, daß ihr euer eigenes Handwerk besser versteht.« Boabdil putzte sich die Schnurrhaare. »Kann ein Dschinn einem neuen Meister gehorchen, während er noch dem alten dient?«

»Dem alten? Aber sie hat dem sterblichen Mädchen bereits drei Wünsche erfüllt!« widersprach der jüngste Dschinn. »Nein, *vier* sogar!«

»Und sie wird ihr mehr gewähren, wenn ihre Herrin es wünscht«, sagte Boabdil. »Ich *wünschte*, ihr würdet alle erfahren, wieso.«

»Ich höre und gehorche«, rief Khalid. Er hob die Hände, und die Decke über ihnen wurde zu einem Wolkenwirbel. Ein sanfter Wind blies die Nebel auseinander, und jeder sah die Gesichter von Prinzessin Nour und Tamar in einer Vision aus der Vergangenheit.

... und wenn Ihr Fürst Haroun ben Hasan zu Eurem Ehemann nehmt, sagte Tamars Bild, *dann werde ich Euch alle Wünsche gewähren, die Ihr jemals ersehnen werdet. Ich schwöre es bei der Weisheit König Salomos, bei meinen eigenen magischen Künsten und bei der Macht des großen Rates.*

Die Vision verschwand. »Jetzt bin ich auf fünfzehn Wünsche herunter«, sagte der Kater. »Ich hoffe, daß ich keine weiteren verbrauchen muß, damit ihr es kapiert.«

»Also hat Tamar diesem Mädchen von Anfang an zusätzlich Wünsche in Aussicht gestellt. Versprochen ist versprochen«, gestand der zweitälteste Dschinn ein.

»Aber das Mädchen hat Fürst Haroun ben Hasan nicht geheiratet«, wandte der drittälteste Dschinn ein.

»Aber sie *hat* sich gewünscht, für immer bei ihm zu sein«, sagte der viertälteste. »Ich glaube, das müssen wir gelten lassen.«

»Natürlich gilt es!« Der jüngste Dschinn schlug sich mit der Faust in die offene Handfläche. »Wenn es nicht zählen würde, wäre Tamar gar nicht in der Lage gewesen, den vierten Wunsch des Mädchens überhaupt zu erfüllen! Darauf hätten wir selbst kommen können. Die Magie weiß immer, was sie tut.«

»Besser als ihr jedenfalls«, murmelte Boabdil. Er streckte seinen Schwanz in die Höhe wie ein helles Banner und erklärte: »Wir wollen uns darauf einigen, daß alle zufrieden sind, selbst wenn mich das auf vierzehn Wünsche zurückwirft. Ich *wünschte,* Nour und Haroun wären verheiratet, aber nur, wenn sie selbst dies ebenfalls wünschen.«

»Wer hat bloß all diese komischen Leute eingeladen?« fragte sich der König und starrte die dichtgedrängte Menge reicher und wichtiger Leute an, die den größten Raum seines Palasts erfüllte.

»Dreizehn«, murmelte der schläfrige Kater, der sich auf Prinzessin Nours Schoß zusammengerollt hatte.

»Wer hat meinen Palast so bunt geschmückt?« fragte Nours Vater jeden einzelnen seiner Diener. Sie konnten nur mit den Achseln zucken.

»Zwölf«, ließ sich ein schläfriges Schnurren vernehmen.

»Wer hat dieses Festmahl bestellt?« fragte der König die Köche. Sie hatten keine Ahnung.

»Elf«, sagte eine Stimme so leise wie das Rascheln von Seide.

»Wer hat all diese Blumen überall verstreut? Wer hat meine Tochter in dieses prächtige Gewand gesteckt? Und *wer*« – die Augenbrauen des Königs zogen sich zu einem Ausdruck tiefer Verwirrung zusammen – *»wer* ist dieser reichgekleidete junge Mann, der neben ihr sitzt?«

»Zehn, neun, acht ... Nein, nein, mit dem letzten habe ich nichts zu tun.« Boabdil legte eine Pfote über seine Augen und drehte sich auf den Rücken, damit Nour ihm den Bauch kraulen konnte.

»Macht Euch keine Sorgen, tausendfach gnädiger Fürst«, sagte der jüngste Dschinn und schwebte neben den König. »Dieser hervorragende junge Mann ist ihr Gatte.«

»Ihr Gatte?« Der König kratzte sich am Kopf. »Wie ist es dazu gekommen?«

»Nicht ganz auf die übliche Weise«, erwiderte der Dschinn. »Aber was soll's? Es ist geschehen, und die beiden sind glücklich. Darauf kommt es an.«

»Ach, schön.« Der König sank geschlagen auf einen goldenen Stuhl nieder. »Die beiden können so glücklich sein, wie sie wollen, so lange, bis wir alle vernichtet werden. Und genau das wird passieren, wenn ein gewisser bösartiger alter König, dessen Namen ich euch nennen könnte, erfährt, daß er meine Tochter nicht heiraten kann. Wie übellaunig er ist! Und was für eine Armee er hat!«

Tamar erschien zur Rechten des Königs. »Wollt Ihr sagen, daß noch niemand es Eurer Majestät erzählt hat?«

»Mir was erzählt hat?«

»Daß der Mann, den Eure Tochter geehelicht hat, Fürst Haroun ben Hasan ist, der Reichste unter den Reichen, der Wohlwollendste unter den Wohwollenden und« – sie hielt inne, um die Wirkung ihrer Worte zu unterstreichen – »Besitzer des legendären Schwerts Salomos!«

Khalid schwebte vom Bankett-Tisch herüber. »Keine Armee, ganz gleich wie groß, kein König, egal wie schlechtgelaunt, kann gegen ihn siegen«, ergänzte er, während er sich den Scherbett hineinschaufelte. »Euer Königreich ist für immer sicher.«

»Wirklich?« Die Laune des Königs besserte sich augenblicklich. Er watschelte zu den Frischvermählten hinüber und erstickte Haroun beinahe in einer ungestümen Umarmung. »Willkommen in der Familie, mein Sohn!«

Während Haroun in den Armen seines neuerworbenen Vaters zappelte, winkte Prinzessin Nour Tamar, zu ihr zu kommen. Die Dschinnie und Khalid setzten sich neben die Prinzessin, in deren Schoß immer noch der schlafende Boabdil lag.

»Was wünscht Ihr, o Herrin?« flüsterte Tamar Nour zu, denn sie fürchtete, ihn zu stören.

»Ich habe alles, was ich mir jemals wünschen könnte«, erwiderte die Prinzessin. »Nun wünsche ich dich frei.«

»Frei?« Freude stahlte in Tamars Gesicht auf, und Khalid spiegelte ihr Glück.

Bevor noch einer von beiden ihr danken konnte, begann Boabdil zu schnarchen und vor sich hin zu brummeln. In seinen Träumen murmelte er: » … und einen Wunsch habe ich gebraucht, um uns alle in den königlichen Palast zu bringen, also waren es noch acht. Ach, wie gut es doch ist, Mathematik zu können! Dann waren es noch sieben, als ich aus allen Brunnen der Stadt freien Wein für alle sprudeln ließ, fünf, als ich Musiker in den Palast bestellt habe, vier, als ich dachte, daß die einfachen Leute auch ihre Freude an Tanz und Gesang haben sollten, und drei, als … es waren noch drei, als … als …« Er zuckte und im Schlaf, während er versuchte, sich zu erinnern.

»Die anderen Katzen, Lieber«, hauchte Prinzessin Nour in eins seiner spitzen Ohren.

»Ahhhh, ja.« Boabdil streckte die Zunge in einem herzhaften rosa Gähnen heraus und wedelte mit den Pfoten durch die Luft. »Ich hatte noch zwei Wünsche übrig, nachdem ich in jeder Gasse dieser Stadt frisches Fleisch für meine Freunde und Verwandten ausgelegt hatte.« Er sank in einen noch tieferen Schlaf und sprach nicht weiter.

»Zwei verbleibende Wünsche sind immer noch eine Menge für eine Katze«, meinte Khalid und wagte es, das schlafende Wesen unter dem hochgereckten Kinn zu kraulen.

»Ja, nur daß er jetzt bloß noch einen übrig hat«, sagte Nour. »Den anderen hat er benutzt, um alle Hunde, die es für einen großartigen Spaß halten, Katzen zu jagen, zehn Meilen vor die Stadtmauern zu wünschen.«

»Das heißt praktisch, daß er keinen mehr hat«, sagte der jüngste Dschinn. Er und die anderen Ratsmitglieder hatten sich um den schlafenden Kater versammelt. »Er hat versprochen, seinen letzten Wunsch dazu zu gebrauchen, meinem Freund hier die Stimme zurückzugeben.«

Das älteste Ratsmitglied nickte heftig mit dem Kopf.

»Er hat sein Wort gegeben«, sagte der zweitälteste Dschinn.

»Aber ... kann man seinem Versprechen trauen?« fragte der drittälteste.

»Natürlich! Es kann nicht anders sein. » Der vierte klang entschieden bockig in dieser Sache. Dann schlich sich ein kleiner Schatten des Zweifels in seine Gedanken. »Schließlich hat das Tier alles, was es braucht – ein Heim, Nahrung, Menschen, die es umsorgen. Was könnte sich eine gewöhnliche Katze sonst noch wünschen?«

Khalid beschloß, das Ratsmitglied nicht daran zu erinnern, daß es so etwas wie eine gewöhnliche Katze nicht gab.

Auf Prinzessin Nours Schoß sprach Boabdil wieder

im Schlaf. »Ich frage mich … ich frage mich … ich frage mich, wie es wäre, wenn Katzen Könige wären, wenn Katzen Flügel hätten, wenn die Menschen in Hinterhöfen herumschleichen und *uns* bitten müßten, *ihnen* zu essen zu geben, wenn Hunde so klein wären wie Mäuse, wenn es Mäuse in verschiedenen Geschmacksrichtungen gäbe, wenn Katzen auf den Sternen leben könnten, wenn die große Mondkatze herunterkommen und mich besuchen könnte, wenn das ganze Universum von Katzen regiert würde, wenn … wenn … wenn …« Er drehte sich auf die Seite und sprach so deutlich, als wäre er hellwach: »Ich wünschte, ich wünschte, ich *wünschte* mir wirklich und wahrhaftig …«

Die Prinzessin keuchte auf, im Festsaal wurde es still, die Dschinns erstarrten, alle Magie hielt den Atem an, doch das einzige, was sie zu hören bekamen, war das unverkennbare, schallende Lachen eines gewissen Katers.

ENDE

Band 20 291
E. R. Eddison
Styrbjörn der Starke
Deutsche Erstveröffentlichung

Dies ist die abenteuerliche Geschichte von Styrbjörn dem Starken. Sein Onkel, Erich der Siegreiche, herrscht als König in Schweden, und er verspricht Styrbjörn die ihm zustehende Hälfte des Reiches, sobald dieser das Mannesalter erreicht hat. Derweil geht Styrbjörn auf Wikingfahrt, um Heldenruhm zu erlangen. Und als Sigrid die Stolze, Erichs Königin, die beiden Recken entzweit, zieht Styrbjörn mit einer gewaltigen Flotte gen Norden, um sein Recht auf die Krone mit dem Schwert einzufordern…

›Ein ausgezeichneter historisch-phantastischer Roman, der den Abenteuern seines mächtigen Helden in den skandinavischen Königreichen und unter den Jomswikingern des Ostseeraums folgt.‹

L. Sprague de Camp

BASTEI LÜBBE

Sie erhalten diesen Band im Buchhandel, bei Ihrem Zeitschriftenhändler sowie im Bahnhofsbuchhandel.